Tödlicher Irrglaube

Günther Tabery

Bibliografische Information der Deutschen Nationalbibliothek:

Die Deutsche Nationalbibliothek verzeichnet diese Publikation in der Deutschen Nationalbibliografie; detaillierte bibliografische Daten sind im Internet über: http://dnb.dnb.de abrufbar.

Herstellung und Verlag:

BoD – Books on Demand, Norderstedt

ISBN: 978-3-7481-2621-8

1

Martin schloss wie jeden Tag gewissenhaft die Wohnungstür ab, lief die Treppe hinunter und nahm die Tageszeitung aus dem Briefkasten. Er überflog routiniert die Schlagzeilen auf dem Deckblatt, steckte die Zeitung in seine lederne Umhängetasche und machte sich auf den Weg zu seinem Corsa, der in unmittelbarer Nähe am Straßenrand geparkt stand. Bevor er den Zündschlüssel ins Schloss steckte und den Motor startete, hielt er einen Augenblick inne. Er fühlte sich matt und abgeschlagen und starrte ins Leere. Dann drehte er den Kopf, schaute durch das hintere Seitenfenster, durch das er auf der gegenüberliegenden Straßenseite die Fenster seiner Wohnung sehen konnte. Sehnsüchtig schaute er auf das eine Zimmer, in dem er Veronika vermutete. Veronika, seine liebe Frau Veronika, wenn er ihr doch nur sagen könnte ... Dann atmete er tief ein und aus, schüttelte den Kopf und startete den Motor.

Immer wieder musste er sich bei der Fahrt von Bruchsal nach Karlsruhe ermahnen, auf den Verkehr zu achten. Oft schweiften seine Gedanken ab und er dachte über das nach, was vorgestern geschehen war und sein Leben und seine Routine auf den Kopf gestellt hatte. Alles, was ihm Sicherheit gab, schien keinen Bestand mehr zu haben. Er kniff die Augen zusammen und lächelte bitter, als er sich erinnerte: Über 20 Jahre arbeitete er in dem Fotostudio „Foto-Schönit". 20 Jahre gelebtes Leben mit vielen, schönen Erinnerungen. Es war ein Glücksgriff gewesen, als er seinerzeit auf ein Stellenangebot von Pierre, seinem Chef und Eigentümer des Studios, antwortete. Er stieß einen kurzen Seufzer aus und schüttelte etwas den Kopf. Sehr aufgeregt war er gewesen an seinem ersten Tag, aber Pierre war immer ein guter Arbeitgeber gewesen, der sich stets um sein Wohl gekümmert hatte. Niemals wurde er ausgenutzt. Es entstand fast so etwas wie eine Freundschaft, auf die er sich verlassen konnte. Einige andere Mitarbeiter waren gekommen und wieder gegangen. Doch er blieb. Er fühlte sich wie zu Hause. Gerne arbeitete er dort und er genoss die Freiheiten, die er in dem Studio hatte.

Doch vorgestern nach der Mittagspause bat ihn Pierre, mit ihm in sein angrenzendes Büro zu gehen. Martin erinnerte sich. Ihm war es, als wäre es eben erst geschehen. Er begriff noch nicht, wohin das Gespräch führen sollte, doch er spürte, dass Pierre etwas bedrückte und er mit ihm darüber reden wollte. Nach einer langen Pause begann Pierre schließlich, indem er ihm dankte, so eine lange Zeit bei ihm gearbeitet zu haben. Es sei nicht alltäglich, so einen guten Mitarbeiter zu haben, auf den man sich immer verlassen konnte. Er bedankte sich auch für die vielen guten Einfälle und Tipps von Martin, aufgrund derer sich das Studio stets gut weiterentwickelt hatte. Die gesamte Digitalisierung und die ansprechende Homepage hätte er ohne ihn niemals so gut verstanden und gestaltet. Martin fühlte sich zwar geschmeichelt von Pierres warmen Worten, doch er ahnte, dass dieser noch etwas anderes im Sinn hatte, als ihm nur für seine Arbeit zu danken.

Mit einem Ruck wurde Martin aus seinen Gedanken gerissen. Beinahe wäre er auf das Auto vor ihm aufgefahren, als es an einer roten Ampel zum Stehen kam. Doch Martin bremste intuitiv. Adrenalin stieg in seinem Körper empor. Sein Herz klopfte schneller. Dann, nach einer kurzen Pause und nach einem tiefen Durchatmen, fuhr er weiter. Bereits in der Innenstadt Karlsruhes angekommen, war er noch zwei Straßen entfernt von der Herrenstraße, in der das Fotostudio lag. Seine Gedanken kreisten weiter um das Gespräch. Pierre beugte sich nach vorne und sprach vertraulich weiter, dass er gezwungen sei, Umstrukturierungen vorzunehmen, aufgrund der sich verändernden Auftragslage und seiner finanziellen Situation. Die Mieten würden ansteigen und es würden immer mehr Menschen die großen Ketten und Drogeriemärkte aufsuchen. Immer weniger würden in ein Fachgeschäft kommen. Es sei alles sehr schwierig und aussichtslos. Da wusste Martin, was Pierre ihm sagen wollte. Er konnte es nicht fassen. Dass es ihm passieren würde, ihm, der seine Arbeit so gewissenhaft erledigte, so viele Jahre lang, damit hätte er nie gerechnet. Er sagte nichts und wartete erstarrt, wie das Kaninchen vor der Schlange. Pierre versuchte so einfühlsam wie möglich das Unmögliche in mitfühlende Worte zu verpacken. Doch es änderte nichts. Pierre kündigte ihm und versprach ihm eine kleine Abfindung. Er sei ab sofort freigestellt, könne sich eine kurze Auszeit nehmen und ohne Zeitdruck eine neue Stelle suchen. Das war es also gewesen. Seine finanzielle Lebensgrundlage wurde ihm in diesem Moment unter den Füßen weggezogen und an einen neuen Morgen, irgendwo, daran konnte er momentan nicht denken. Er parkte wie gewohnt seinen Wagen und starrte vor sich hin. Er stieg nicht aus.

Martin fühlte sich schlecht und wertlos. Er hatte es nie so empfunden, dass er sich maßgeblich über seinen Beruf definierte, aber scheinbar spielte dieser doch eine übergeordnete Rolle in seinem Leben. Welchen Sinn hatte das Leben für ihn, wenn sein Dasein durch eine geregelte Aufgabe keinen Wert erhielt? Er schüttelte den Kopf. Seine Selbstwahrnehmung war doch bisher eine ganz andere gewesen. Er hatte eine wunderbare Frau, gute und enge Freunde und seine Leidenschaft für das Lesen, speziell von Kriminalgeschichten. Nicht zu reden von einigen Malen, bei denen er selbst in Kriminalfälle hineingezogen wurde. Für ihn schien es bisher so gewesen zu sein, dass sein Beruf zuweilen eine untergeordnete Rolle gespielt hatte. Unglaublich, dass er jetzt im Auto saß und sich so gelähmt fühlte.

Veronika – er konnte es ihr momentan noch nicht sagen. Wie würde sie darauf reagieren? Er würde sein Gesicht verlieren. Ihm schien es besser, zu warten, bis er einen neuen Job in der Tasche hatte. Er atmete schwer. Ein neuer Job? Dieser lag in weiter Ferne. Es war für ihn unmöglich, sich jetzt gleich damit zu beschäftigen.

Er schaute hinüber zum Fotostudio. Pierre schloss gerade eben den Laden auf. Aber er sah Martin nicht in seinem Auto sitzen. Martin kam sich lächerlich vor. Da saß er nun, leidend wie ein getroffener Hund, in seinem Auto und wusste nichts mit sich anzufangen. Wohin sollte er nun gehen? Er dürfe nicht vor 17 Uhr nach Hause kommen, sonst würde Veronika etwas merken. Er blickte sich um. Nach ein paar Minuten startete er den Wagen. Früher, als er noch in Karlsruhe gewohnt hatte, ging er immer gerne zum Nachdenken in den Schlossgarten. Er entschied, auch jetzt dorthin zu fahren und sich auf dem Weg einen Kaffee zu holen.

An der Pädagogischen Hochschule gab es einige kostenlose Parkplätze. Dort stellte er den Wagen ab. Er musste gut aufpassen, dass er nicht zufällig Veronika über den Weg lief, denn die Kunsthalle, in der sie als Kunstpädagogin arbeitete, war unmittelbar in der Nähe. Nach einem Abstecher auf den Marktplatz, wo er sich einen Becher Kaffee holte, setzte er sich im Schlossgarten auf eine Parkbank. Die Morgensonne war schon sehr stark. Es würde ein schöner Julitag werden.

Martin saß da und beobachtete die zahlreichen Menschen, die spazieren gingen, joggten oder bereits auf einer Decke auf der Wiese lagen. Es waren alle Altersstufen vertreten. Waren diese Menschen alle in einer vergleichbaren Situation wie er? Ohne Anstellung und arbeitslos? Wie war es ihnen möglich gewesen, so früh am Morgen in den Park zu gehen und freie Zeit zu verbringen? Natürlich waren darunter auch Rentner, die ihre Zeit genossen und Studenten, die vielleicht erst zu späterer Stunde in die Universität gehen mussten. Aber die Übrigen? Es gab wohl viele Arbeitslose und Arbeitssuchende. Er war nicht alleine.

Als eine Joggerin an ihm vorbeilief, schaute er ihr verlegen und bewundernd nach. Er dachte unweigerlich, dass er auch etwas Sinnvolles mit seiner Zeit anstellen und vielleicht auch Sport machen sollte. Das würde ihm einen klaren Kopf verschaffen und seine Figur, die mit den Jahren leider etwas unförmig geworden war, wieder zu verbessern. Ja, Sport sollte er machen, das war eine gute Idee.

Dann näherte sich eine junge Frau, die an fünf verschiedenen Leinen fünf Hunde Gassi führte. Der Kleinste war am wildesten, ein Yorkshire Terrier, der kreuz und quer lief, überall schnüffelte und ständig an der Leine zog. Die anderen, weitaus größeren Hunde waren ruhiger und liefen stolz neben der Frau her. „Bruno, komm her!", hörte Martin des Öfteren und: „Bruno, zieh nicht so!". Da musste Martin schmunzeln. Er und Veronika hatten sich auch einen Hund gewünscht, aber sich noch nicht dazu durchringen können, einen zu kaufen. Die Frau, die alle Hände voll mit den Hunden zu tun hatte, lächelte ihm kurz zu, als sie an ihm vorbei ging und verschwand aus seinem Blickfeld hinter einer Kurve im Park.

Der Kaffee war fast leer getrunken. Martin starrte wieder vor sich hin. Sein flaues Gefühl im Magen hatte sich durch den Kaffee nicht gebessert. Da wurde er traurig. Seine Gedanken schienen einen kurzen Moment lang still zu stehen. Er dachte an nichts, sah nichts. Die Zeit stand still. Er wusste nicht, wie lange er dort so gesessen hatte, bis er von einer hellen Stimme aus seinen Gedanken gerissen wurde: „Ist der Platz neben Ihnen noch frei?"

Martin blinzelte. Er drehte sich ruckartig der fremden Person zu und bejahte. „Ja, natürlich", kam automatisch aus seinem Mund. Lieber wäre er alleine sitzen geblieben, aber schon hatte sich die fremde Frau neben ihn gesetzt. Sie hatte graumelierte, wellige Haare und trug ein leichtes, geblümtes Sommerkleid. Martin schätzte sie auf Mitte sechzig. Ihr unsteter und doch eindringlicher Blick fiel ihm sofort auf.

„Es ist so ein herrlicher Tag!", begann die Frau. „Sehen Sie die Seerosen dort drüben, wie sie bereits aufblühen? Jedes Jahr, wenn ich sie erblicke, dann weiß ich, dass der Sommer da ist. Dann beginnt die schönste Zeit des Jahres." Sie strahlte ihn mit einem offenen und etwas naiven Lächeln an und vollzog dabei eine flatterhafte, große Geste. „Es ist doch eine herrliche Zeit, nicht wahr? Und die frische und reine Luft! Atmen Sie die Luft einmal tief ein und lassen Sie den Sommer in Ihr Herz."

Martin wusste nicht recht, was er ihr antworten sollte.

„Sonnenbaden, das ist das beste, was man tun kann. Und Balsam für die Seele. Das hat schon meine Oma gesagt. Jaja, meine Oma Gertrude war schon eine besonders scharfsinnige und auch hellsichtige Frau. Einmal hat sie ihrem Neffen geraten, nicht den Bus zu nehmen, sondern mit dem Fahrrad zur Arbeit zu fahren. Und siehe da, der Bus geriet an diesem Tag in einen schlimmen Unfall! Ein Unglück! Und meine Oma hatte es vorausgeahnt. Glauben Sie an solche Vorausahnungen?"

Martin räusperte sich. „Nun ja, wenn ich ehrlich bin…"

„Sehen Sie, das ist so. Es gibt wahrhaftig mehr als wir Menschen wahrnehmen können. Da sind Sie doch meiner Meinung, nicht wahr? Andere Dimensionen, andere Sphären, von denen wir noch keine Ahnung haben. Also ich glaube fest daran. Herr Petersen, ein ehemaliger Freund, hat es auch gesagt und es ist wirklich so. Es gibt eine andere Welt, in die wir übertreten, wenn die Zeit gekommen ist." Sie nickte bekräftigend. „Ach Herr Petersen, der Arme, Sie haben wahrscheinlich nicht davon gehört? Das ist nun schon einige Jahre her, da hat er mit Lutzia, das ist seine Cousine, die aber in Hong Kong lebt und verheiratet ist, ein Verhältnis gehabt. Sie war drei Monate in Deutschland zu Besuch. Und da haben sie sich näher und auf eine ganz andere Art kennengelernt. Ja, und dieses Verhältnis ist aufgeflogen. Und da hat er seine Arbeit verloren, weil er gerade in der Firma gearbeitet hatte, die dem Mann seiner Cousine in Hong Kong gehört hatte. Sehen Sie, so kann es einem ergehen. Eine unglaubliche Geschichte." Sie hob den Zeigefinger und holte tief Luft. „Fast so unglaublich, wie die Geschichte mit dem siamesischen Hund. Die hat mir vorige Woche der Bäcker erzählt, bei dem ich sonntags immer die Brötchen kaufe. Also, der Hund hatte zwei Köpfe, als er auf die Welt kam. Unglaublich, aber wahr. Und einen Kopf haben sie einfach abgeschnitten und siehe da, er lebt munter und glücklich weiter, mit einem Kopf. Ich glaube, sie haben den zweiten ausgestopft. Aber das kann ich nicht bezeugen. Sachen gibt es!"

„Sie haben dem armen Hund bestimmt nicht einen Kopf abgeschnitten", mutmaßte Martin. „Sowas passiert doch nicht wirklich."

„Wenn ich es Ihnen doch sage. Und der Bäcker erzählt mir doch keine Lügengeschichten. Was glauben Sie denn?"

Martin wollte gerade etwas darauf erwidern, da begann die Frau von Neuem: „Nein, nein, er ist sehr vertrauenswürdig. Wie meine Mutter schon früher immer zu sagen pflegte: sei offen und frei deinen Mitmenschen gegenüber. Ich glaube prinzipiell erst einmal alles, was man mir im Vertrauen erzählt. Bis ich das Gegenteil erfahre. Ach meine arme Mutter, sie hat ja so Recht gehabt und viel mitgemacht in ihrem Leben. Sie verfügte über eine große Lebenserfahrung, müssen Sie wissen. Sie starb leider, aber so ist der Lauf der Welt, nicht? Genau wie mein geliebter Mann Karl-Friedrich. Er starb an Prostatakrebs. Ist das nicht schrecklich? Ich zeige Ihnen ein Bild." Sie kramte in ihrer Tasche und zog ein ledernes Etui hervor, in dem sie einige Bilder aufbewahrte. „Das ist er. Sieht er nicht gut aus? Ich habe ihn sehr geliebt."

„Das ist wirklich ein schönes Bild", befand Martin, nickte und wollte sich gerade erheben, um sich zu verabschieden, da redete sie einfach ungeniert weiter: „Die Liebe ist etwas Wichtiges im Leben. Das sollten

Sie sich merken. Haben Sie eine Frau? Natürlich haben Sie eine. Das dachte ich mir gleich, als ich Sie sah. So ein gutaussehender Mann wie Sie! Sehen Sie, wenn ich nur ein wenig jünger wäre und Sie noch nicht vergeben, dann würde ich mich bestimmt in Sie verlieben." Sie lachte herzlich. „Ach, es ist so lange her. Aber Hals über Kopf würde ich mich nicht in eine Beziehung stürzen. Nein, das würde ich nicht. Ich lerne durch die Erfahrung anderer. Mir soll es nicht so ergehen, wie dem Schuster Breitmeyer in meinem Heimatort. Der konnte es nicht erwarten und wollte gleich heiraten, ohne sich Zeit genommen zu haben, seine Braut richtig kennen zu lernen. Sehen Sie, und was ist passiert? Sie war eine falsche Schlange, hat ihm die letzte Mark aus der Tasche gezogen und ist mit dem Versicherungsvertreter nach dem ersten halben Jahr durchgebrannt."

„Das muss schon eine Weile her sein."

„Das ist schon lange her, ja. Ich bin wie eine wandelnde Chronik. Ich weiß noch alles." Stolz legte sie ihre Hand auf ihr Dekolleté. „Ich habe eine große Menschenkenntnis und einen Schatz an Erfahrungen."

Und einen Schlag hast du auch, dachte sich Martin. Er schaute in ihre naiven Augen. Ihre wahnsinnigen Geschichten und ihre plappernde Art hatten tatsächlich seine Laune gebessert und ihn abgelenkt. Er fand sie irgendwie interessant und beschloss, sich ihr vorzustellen: „Ich bin Martin. Und wie heißen Sie?"

„Ich bin Marlies. Einfach Marlies. Freut mich, dich kennen zu lernen."

Beide gaben sich förmlich die Hand.

„Ganz auf meiner Seite."

Plötzlich und vollkommen unerwartet verstummte Martins Gegenüber für einen Augenblick. Sie blickte in die Sonne und begann sehnsüchtig zu lächeln. Dann atmete sie tief ein und sagte: „Die Sonne ist alles und nichts. Ohne sie wäre das Leben nicht möglich. Sie zerstört auch Leben durch die Hitze ihrer Glut. Wie Yin und Yang. Ich verehre das Licht, weißt du? … Du solltest Leonardo kennen lernen." Dann richtete sie sich auf, als ob sie einen Einfall gehabt hätte. „Aber ja, Leonardo kommt ja gleich zu Mittag ins ʿGiacomoʾ. Das ist ja der Einfall überhaupt!"

Martin verstand nichts. Wer war dieser Leonardo und weshalb sollte er ihn kennen lernen? Dann stand Marlies auf und nahm Martins Hand. „Komm mit, du wirst es nicht bereuen." Martin dachte einen Augenblick nach. Er hatte nichts zu verlieren und Zeit, so viel er wollte. Also stand er ebenso auf und ließ sich von Marlies schnellen Schrittes in Richtung Schloss führen.

„Und wohin genau gehen wir?", fragte Martin.

„Ins Restaurant ˋGiacomoˊ am Marktplatz. Dort wollten sie heute zu Mittag essen."

„Aber wer ist denn dieser Leonardo?"

Marlies blieb abrupt stehen und wendete sich Martin zu: „Leonardo ist der wunderbarste Mensch, den ich je getroffen habe. Ohne ihn würde ich heute vielleicht nicht mehr leben. Er hat mich gerettet. Vielleicht kann er auch etwas für dich tun."

Einen kurzen Moment zögerte Martin. Hatte er auf Marlies einen bedrückten Eindruck gemacht? Wieso sollte dieser Leonardo ihn retten wollen? Er schüttelte den Kopf, doch seine Neugier veranlasste ihn, ihr zu folgen.

Keine zehn Minuten später standen sie vor dem italienischen Restaurant ˋGiacomoˊ. Marlies schaute durch eines der Fenster, ob Leonardo bereits da war. Dann gab sie einen hellen Ton von sich: „Ah, er ist da. Zusammen mit Jasmine. Sehr schön. Komm mit."

Sie zog Martin mit sich und beide gingen zusammen hinein. An einem Tisch in der hinteren Ecke saßen ein auffällig attraktiver Mann, sonnengebräunt, mit stahlblauen Augen und langen, zurückgekämmten Haaren, sowie eine vollbusige Frau mit einnehmendem

Lächeln, mandelförmigen Augen und tiefschwarzen, langen Haaren. Beide waren hell und sommerlich im luftig lockeren Stil gekleidet. Als der Mann Marlies auf sich zukommen sah, erhellte sich sein Gesicht. Er stand auf und umarmte Marlies. Auch die Frau erhob sich und küsste Marlies auf beide Wangen. Nach dieser recht innigen Begrüßung reichte der Mann auch Martin die Hand: „Herzlich willkommen, ich bin Leonardo, wer bist du?"

„Ich bin Martin."

„Hallo Martin. Schön, dich kennen zu lernen. Das ist Jasmine, meine Verlobte."

„Hallo Martin", sagte Jasmine, „wie schön, dich kennen zu lernen."

Etwas unsicher reichte Martin auch ihr die Hand.

„Ich habe ihn im Schlosspark kennengelernt", begann Marlies und setzte zu einer längeren Rede an. „Der Arme saß ganz bedrückt auf einer Parkbank. Da habe ich ihn etwas aufgemuntert. Nicht wahr, Martin? Schon meine Mutter sagte immer, sei gut zu Fremden in der Not, dann wird es dir einmal genauso ergehen. Oder so ähnlich. Wie dem auch sei. Ich sah es als meine Pflicht an, den armen Martin …"

„Das war wirklich sehr nett von dir, Marlies", unterbrach Leonardo. „Du hast ein großes Herz und bist gut zu deinen Mitmenschen. Das ist es, was ich an dir so sehr schätze. Ich halte es dir zugute. Vielleicht wirst du eine derjenigen sein, die ich am Samstag mitnehmen werde."

„Oh, das ist sehr großzügig von dir", Marlies nickte leicht verzückt.

Martin fühlte sich etwas unwohl und fehl am Platz. Doch bevor er etwas sagen konnte, wies ihm Leonardo einen Stuhl am Tisch. „Iss doch eine Kleinigkeit mit uns, Martin, du bist herzlich eingeladen. Sei mein Gast."

Dem konnte Martin nicht widerstehen. Er setzte sich dem Paar gegenüber. An seiner Seite saß Marlies.

„Es ist mir eine Freude, neue und interessante Menschen kennen zu lernen", eröffnete Leonardo das Gespräch, während er Jasmines Hand streichelte. „Menschen sind etwas Wunderbares und keine Lebensgeschichte gleicht der anderen. Mich faszinieren die Beweggründe, die Wendepunkte in einer Biografie. Warum entscheidet man sich für dies, warum nicht für das andere? Gibt es einen vorgezeichneten Weg, so etwas wie das eigene Schicksal, das unabwendbar erscheint? Oder gehen wir vollkommen blind und ziellos durchs Leben?"

Jasmine strahlte Leonardo an. Sie küsste seine Wange.

„Ist es vorbestimmt, dass wir nun hier gemeinsam an diesem Tisch sitzen und miteinander essen?", fuhr Leonardo fort. „Das wäre eine Überlegung wert. Wenn ja, was ist das Ziel?"

Martin schaute zu Marlies, die Leonardo förmlich anhimmelte. Dieser gefiel sich sehr in seiner Rolle. Leonardo schien der Mittelpunkt zu sein, um den sich alles drehte, dachte Martin. Die anderen sind dazu da, ihm den nötigen Raum zu geben.

Die Bedienung kam und das Essen und die Getränke wurden bestellt. Danach hörte Martin aufmerksam zu, was Leonardo im weiteren Verlauf der Unterhaltung Geistreiches von sich gab. Er stellte weitreichende Thesen über den Sinn des Lebens auf. Marlies saß stumm daneben und hörte gebannt Leonardos Worten zu. Ihre Eigenart, auf ihr Gegenüber ohne Pause einzureden, ohne Atemzug vom Einzelnen ins Hundertste zu kommen, schien in seiner Gegenwart zu verblassen. Sie ordnete sich ihm vollkommen unter.

Dann kam Leonardo auf Martin zu sprechen. Er griff dabei die Bemerkung von Marlies auf: „Sag, Martin, wieso bist du so still und zurückhaltend? Dich scheint etwas zu bedrücken. Du kannst dich mir ruhig anvertrauen."

Martin fühlte sich ertappt. Er schaute verlegen auf die Tischdecke und spürte die Blicke der drei, die ihn nun mitfühlend anschauten. „Nun ja", sagte er etwas kleinlaut, „Du hast Recht, etwas bewegt mich seit vorgestern Mittag."

„Ja?", hörte er Leonardos Stimme.

„Ich habe meine Arbeitsstelle verloren. Ich bin Fotograf und arbeitete in einem Studio. Seit vorgestern bin ich arbeitslos."

„Ich verstehe. Deine Zukunft und deine Existenz scheinen bedroht. So etwas fühlt sich schlimm an. Das kann ich sehr gut nachvollziehen. Es gab auch eine Zeit, in der ich nicht mehr wusste, wie mein Leben weitergehen sollte. Ich hatte keinen Cent mehr und keine Wohnung. Ich lebte förmlich auf der Straße. Meine Freundin hatte mich verlassen und ich war ganz alleine. Ich weiß nicht mehr warum, aber ich wusste ganz sicher, dass dies nicht das Ende sein konnte. Es konnte nicht alles gewesen sein. Es musste noch etwas geben, etwas, wovon ich nicht wagte zu träumen. Meine innere Stimme sagte mir immerzu, ich dürfe nicht aufgeben. Kämpfe! Um deines Lebens Willen! Da raffte ich mich auf und suchte eine Arbeit. Ich kann dir sagen, wie lange das gedauert hatte, bis mir ein Arbeitgeber so viel Vertrauen entgegengebracht hatte, um mich auf die Probe zu stellen. Ich scheiterte nicht und bekam eine feste Anstellung. Es war eine ungeheure Anstrengung für mich. Doch sie zahlte sich aus. Nach ein paar Monaten konnte ich mir ein kleines möbliertes Zimmer leisten. So zog ich mich selbst an den Haaren aus dem Morast. Ohne fremde Hilfe. Schau, Martin, du wirst es ebenso schaffen. Höre auf mit deinem Schicksal zu hadern und handle. Es ist nur eine Arbeitsstelle. Nicht das Leben. Mein Leben hat so viele Wendungen genommen. Deines wird es auch tun. Und in der Zukunft wirst du wieder neue Kraft schöpfen und weitermachen! So, wie die Jahre zuvor auch."

Eine Pause entstand. Martin hob den Blick. Das, was Leonardo gesagt hatte, gab ihm tatsächlich wieder Mut. Mut, nach vorne blicken zu können.

„Du musst das Gewesene hinter dir lassen und weiter nach vorne schreiten", beendete Leonardo seine Rede.

Martin nickte langsam. „Vielen Dank für deine netten Worte, Leonardo. Ich werde darüber nachdenken."

„Oh, da kommt ja unser Essen!", schnatterte Marlies entzückt. „Ich habe solchen Hunger."

Das Essen wurde serviert. Die Vier genossen die italienischen Speisen. Martin fühlte sich zusehends wohler. Er fühlte sich abgelenkt von seinen Sorgen und ganz in einer anderen Welt. Es fühlte sich fremd, aber gut an.

Nach dem Essen verabschiedeten sich Leonardo und Jasmine. Marlies und er blieben noch einen Moment vor dem Restaurant stehen.

„Vielen Dank, Marlies, für den schönen Vormittag. Das hat mich auf andere Gedanken gebracht."

„Das freut mich sehr", antwortete Marlies. „Ich versuche immer, meinen Mitmenschen zu helfen, wo ich nur kann. Und wie du da auf deiner Bank gesessen hast. Da musste ich etwas unternehmen. Leonardo ist so ein wunderbarer Mensch. Er wird dir helfen. Vielleicht hast du ja Glück, und er wird dich ebenso auserwählen wie mich. Man wird sehen." Sie lächelte verschmitzt. Martin verstand nicht, worauf sie anspielte. Dann hob sie ihre Hand, winkte kurz und verabschiedete sich. So plötzlich, wie sie in Martins Leben getreten war, so plötzlich war sie wieder verschwunden.

Martin stand vor dem Restaurant und sein Gefühlsleben war vollkommen durcheinandergeraten. Die Traurigkeit war verflogen. Dennoch hatte er nicht den Mut, Veronika von der Kündigung und der Abfindung zu berichten. Er beschloss, eine große Runde durch den Schlossgarten zu ziehen und anschließend in eine Nachmittagsvorstellung ins Kino zu gehen. Zerstreuung war das, was er jetzt brauchte.

Als er an den Seerosen vorbeikam, die Marlies so gut gefielen, überkam ihn ein seltsames Gefühl. Ihm war so, als würde er verfolgt oder beobachtet werden. Er spürte die Blicke in seinem Rücken. Er blieb stehen und drehte sich um. Aber da war niemand, der ihm auffiel. Langsam tastete er mit seinen Blicken die Umgebung ab. Außer spielenden Kindern auf den Wiesen und Besuchern auf den Wegen war niemand Auffälliges dort. Jeder schien scheinbar mit etwas beschäftigt zu sein. Langsam ging er weiter. Schon wieder überkam ihn ein beklemmendes Gefühl. Ruckartig drehte er sich um. Da war jemand gewesen! Hinter dem Gebüsch, da stand jemand! Er war sich sicher. Schnell eilte er an die Stelle, an der er den Fremden vermutete. Aber es war niemand mehr da.

Martin schüttelte den Kopf. Es mussten Halluzinationen gewesen sein, dachte er sich. Er fühlte sich beobachtet, weil er wusste, dass es falsch war, hier im Park die Zeit totzuschlagen, anstelle mit Veronika über den Verlust der Arbeitsstelle zu reden. So musste es sein. Das war die einzige Erklärung. Doch was sollte er jetzt unternehmen? Mit Veronika zu reden, dazu hatte er nicht den Mut. Er beschloss, den Schlossgarten schnell zu verlassen und nun ins Kino zu gehen.

Als er am frühen Abend die Wohnungstür aufschloss, war Veronika bereits zu Hause. Wie jeden Tag begrüßte er sie mit einem Kuss auf die Wange. Veronika war gerade im Begriff, das Abendessen zuzubereiten.

„Hallo Liebling", begann Martin, „schön, bei dir zu sein. Wie war dein Tag?"

„Sehr schön. Aber nichts Besonderes. Die Kinder waren nett und die Lehrer kompetent. Es hat viel Spaß gemacht. Dank einem Tag wie diesem weiß ich, warum ich Kunstpädagogin geworden bin. Es ist sinnvoll, Kindern unsere Kunst und Kultur näher zu bringen. Wer sollte es denn sonst tun? Die Eltern sind oftmals nicht im Stande dazu. Weit mehr als die Hälfte der Kinder war noch nie zuvor in einem Museum, stell´ dir das mal vor?!"

„Wahnsinn", bestätigte Martin und lächelte sie bewundernd an.

„Und wie war dein Tag? Hast du die Wünsche deiner Kunden erfüllen können?" Sie nahm die Gemüsepfanne vom Herd und trug sie an den bereits gedeckten Tisch. „Setz dich, es ist alles fertig."

„Vielen Dank, mein Liebling. Ach ja, der Tag war in Ordnung. Ich bin nur etwas müde heute. Nichts Besonderes. Sag mal, was möchtest du heute nach dem Abendessen noch tun?"

„Ich weiß es nicht. Vielleicht gemeinsam einen Film gucken und dann früh ins Bett."

„Das klingt gut", befand Martin. „Hast du einen Wunsch?"

„Nein, keinen Wunsch. Ich lasse mich überraschen. Wähle du einen aus."

Martin ging ins Wohnzimmer und suchte einen alten Liebesfilm aus: `Schlaflos in Seattle´. Veronika war damit einverstanden. Nach dem Essen machten es sich beide auf der Couch gemütlich. Der Film spiegelte genau das, was Martin jetzt brauchte. Neben seiner unsicheren Berufslage war die Liebe, die Beziehung zu Veronika, die einzige Konstante in seinem Leben, die ihm Sicherheit gab. Und `Magie´ war es, worauf es ankam, so war die Aussage des Filmes. Die Magie zwischen zwei Menschen, die sich wirklich liebten. Er streichelte sanft Veronikas Arm.

Nach dem Film machten sich beide bettfertig und löschten die Lichter. Martin kuschelte sich an Veronika an. Liebevoll gab er ihr einen Kuss. Dabei strich er über ihren weichen Körper. Da drehte sie sich von ihm weg, seufzte und meinte, dass sie nicht mehr in der Stimmung wäre. Martin verstand sofort und ließ von ihr ab. Er legte sich auf den Rücken und sagte: „Es ist gut. Gute Nacht."

Dann schloss er die Augen. Veronika lag still neben ihm. Es dauerte lange, bis er eingeschlafen war.

2

Martin blickte in den Himmel. Es zogen düstere Wolken auf. Laut Wetterbericht sollte es heute regnen. Die warme Luft war angereichert mit Feuchtigkeit. Er blickte sich um. Heute waren im Gegensatz zu gestern weniger Menschen im Schlossgarten unterwegs. Einige Jogger kamen an ihm vorbeigelaufen und er sah auch wieder die Frau mit den fünf Hunden. Auf den Wiesen lagen diesmal keine Besucher auf ihren Decken und es spielten auch keine Kinder Federball. Ungewöhnlich still war es, befand Martin. Ihm ging es im Vergleich zu gestern, als er auf der gleichen Parkbank gesessen hatte, viel besser. Der Wunsch, mit Veronika über den Verlust seiner Arbeit zu sprechen, geriet immer mehr in den Hintergrund. Zu gegebener Zeit würde er es tun. Jetzt wollte er die freie Zeit nutzen, die ihm durch die Abfindung ermöglicht wurde, um über sich, sein Leben und seine Zukunft nachzudenken. Er nahm einen großen Schluck heißen Kaffee. Vielleicht hatte dieser Leonardo Recht damit gehabt, als er gestern sagte, dass sein Leben noch viele unerwartete Wendungen nehmen könnte, wenn er daran arbeiten und es zulassen würde. Vielleicht würden sich ganz andere Türen öffnen und Wege offenbaren, die er niemals für möglich gehalten hätte. `Wenn sich eine Tür schließt, öffnet sich irgendwo eine neue.´ An dieses Sprichwort musste er denken.

Dieser Leonardo hatte in der kurzen Zeit im Restaurant sein Denken, ja die Sicht auf seine bedrückende Situation, verändert. Nur allein durch seinen Blick, seine Stimme und seine Worte fühlte er sich sichtlich besser. War es ein Zufall gewesen, dass ihn Marlies scheinbar wahllos ansprach? Oder hatte es einen tieferen Sinn, von dem er jetzt noch nichts ahnte? Jedenfalls war es heute kein Zufall, dass er wieder auf der selben Parkbank saß, zu der selben Zeit wie am gestrigen Tag. Er hoffte, dass Marlies wiederkommen und ihn ansprechen würde.

Stumm blieb er sitzen. Die Zeit verging nur langsam. Ständig schaute er auf die Uhr. Er konnte es nicht erwarten. Dann hatte er das Gefühl, wie gestern auch, beobachtet zu werden. Er spürte ganz deutlich, dass ihn jemand ansah. Regungslos blieb er sitzen. Seine Blicke suchten die Umgebung ab und konnten nichts Sonderbares ausfindig machen. Dann drehte er sich langsam um und da sah er einen Mann mittleren Alters hinter einem Baum hervorschauen. Er war etwa 30 Meter weit entfernt und hatte einen Feldstecher in der Hand. Martin stand auf. Die Blicke beider trafen sich.

Für einen kurzen Moment schauten sie sich in die Augen. Der Mann hatte kurze, braune Haare, ein schwarzes T-Shirt und eine braune Leinenhose an. Gerade als Martin in seine Richtung zu laufen begann, hörte er eine ihm bekannte Stimme: „Ach, da ist er ja wieder! Sieh mal einer an. Martin, ja was für eine Freude! Ich dachte schon, unser Treffen gestern wäre einmalig gewesen. Nun sehen wir uns zum zweiten Mal."

Martin zögerte und blieb stehen. Der fremde Mann blieb auch für einen Moment regungslos stehen, dann huschte er schnell hinter einem Baum vorbei und verschwand im Gebüsch. Martin rief ihm hinterher, doch der Mann war verschwunden.

„Na, mein Lieber", sagte Marlies, die nun hinter Martin stand, „wollen wir uns ein wenig auf die Parkbank setzen?"

Martin drehte sich um und nickte. Dann nahmen beide Platz.

„Ich muss gestehen, dass ich hoffte, dich hier zu sehen", begann Marlies. „So ein hübscher und netter Mann, wie du einer bist. Und wie traurig du gestern gewesen bist. Da mussten wir dich doch aufmuntern und wie ich es sehe, ist es uns auch gelungen. Du schaust heute viel gesünder und wacher aus. Sehr gut. Leonardo hat

Eindruck auf dich gemacht, nicht wahr? Ja, das kann ich gut verstehen. Auf mich hatte er auch gleich sehr anziehend, stark und einnehmend gewirkt. Es war mir klar, dass ich ihm mein Leben anvertrauen würde. Und ich muss sagen, es war und ist kein Fehler gewesen. Ich fühle mich seither viel sicherer und geborgen."

Martin verstand nicht, wovon Marlies sprach. Er war noch viel zu sehr mit dem Fremden beschäftigt, als ihr aufmerksam zuhören zu können. Er nickte leicht und gab einen zustimmenden Laut von sich.

„Es wird bald anfangen zu regnen. Zeit, dass wir aufbrechen."

Martin hörte nur das Wort `aufbrechen´. Er schaute Marlies erstaunt an und fragte: „Aufbrechen? Aber wohin sollten wir beiden denn gehen?"

„Na, zu uns nach Hause. Das ist doch klar, oder? Du musst wissen, dass wir alle gemeinsam in einem wunderschönen Haus wohnen. Leonardo und Jasmine werden da sein. Die anderen kommen erst später. Ich kann es kaum erwarten, was du sagen wirst, wenn du das Haus und all die anderen kennen lernst!" Sie stand auf und schaute in den wolkenverhangenen Himmel.

Martin wurde es etwas unwohl zumute. Von welchem Haus sprach Marlies und wen sollte er alles kennen lernen? Er wusste nicht recht, wie er aus dieser Situation entfliehen konnte. Doch gerade als er sich verabschieden wollte, kam ihm Marlies zuvor: „Hast du ein Auto? Du musst wissen, ich fahre sonst nur mit der Bahn, aber es dauert eine Weile, bis wir mit der Bahn in Daxlanden sind. Und mit einem Auto ist es doch gewiss bequemer. Also: hast du eines und wo steht es?" Sie strahlte ihn auf eine ganz liebevolle und naive Art und Weise an, sodass Martin nichts dagegen sagen konnte. „Mein Auto steht an der Pädagogischen Hochschule."

„Oh, wie schön. Dann schnell, lass uns gehen, bevor es zu regnen anfängt." Sie eilte voraus und Martin lief hinterher. Sie liefen durch den Botanischen Garten, weil das der kürzeste Weg zur Pädagogischen Hochschule war. Martin hoffte, dass Veronika heute nicht in der Orangerie arbeitete. Dort wurden Gemälde und Skulpturen der Kunsthalle ausgestellt. Wie sollte er ihr seine Anwesenheit erklären und vor allem, wie die Bekanntschaft mit Marlies? Er lief geduckt und atmete tief durch, als er merkte, dass sie ungesehen den Ausgang erreicht hatten. Erleichtert führte er Marlies zu seinem Auto. Nachdem sie losgefahren waren, fragte er sie, wo sie nun genau hinfahren würden. Sie erklärte ihm, dass sie gemeinsam nach Daxlanden fahren würden, zu dem Mehrfamilienhaus am Waldrand, indem sie wohnte. Martin kannte den Stadtteil von Karlsruhe, da sich dort das Rheinstrandbad Rappenwört befand, in das er schon öfter mit Veronika gegangen war. Dieses lag am Stadtrand von Karlsruhe. Die westliche natürliche Grenze stellte der Rhein dar. Jenseits davon fing die Pfalz an.

„Und Leonardo und Jasmine wohnen mit bei dir im Haus?", fragte Martin.

„Aber nein", lachte Marlies, „es ist anders herum. Ich wohne bei Leonardo im Haus. Schau, Leonardo ist der Eigentümer des Mehrfamilienhauses. Er wohnt dort mit Jasmine, seiner Verlobten. Ich bin vor einem Jahr in eine kleine Wohnung dieses Hauses eingezogen."

„Jetzt verstehe ich." Martin dachte eine Weile lang nach. „Du sagtest vorhin, dass ich die anderen auch kennenlernen solle. Welche anderen? Wie viele Menschen wohnen denn dort?"

Marlies räusperte sich: „Also mit Leonardo, Jasmine und mir sind wir zusammen acht."

„Und jeder wohnt in einer eigenen Wohnung? Das muss ja ein ziemlich großes Haus sein."

„Ja, das ist es. Und wunderschön am Waldrand gelegen mit einem großen Garten. Anna und Matthias sind ein Ehepaar. Sie wohnen zusammen in einer größeren Wohnung. Jürgen, Helga und Elsa sind alleinstehend und wohnen ebenso wie ich in kleinen Wohnungen. Da vorne bitte links abbiegen." Marlies wies Martin den Weg, während er ihr zuhörte.

„Ach, sie sind wunderbare Menschen! Anna und Matthias sind etwa 40 Jahre alt und schon seit vielen Jahren verheiratet. Ein glückliches Paar, abgesehen davon, dass sie sich relativ oft streiten. Nun ja, das gehört auch dazu, nicht wahr? Wie das Salz in der Suppe. Und sie vertragen sich meist ganz schnell wieder. Vielleicht liegt das auch daran, dass er so ein liebenswerter Mann ist, der Anna mit ihrer manchmal etwas kaltschnäuzigen Art, so nimmt, wie sie ist. Ich will nichts gegen sie sagen. Sie ist ein guter Mensch und ich liebe sie sehr. Dennoch kann sie nach außen hin manchmal etwas hart und rechthaberisch wirken. Aber Matthias ist so weich und gutmütig, dass er ihr Verhalten kompensiert. Sie passen eben sehr gut zueinander." Nach einer kurzen Verschnaufpause setzte sie weiter an: „Na ja, Jürgen ist ein alter Kauz. Aber er hat das Herz am rechten Fleck. Er ist, so schätze ich, in meinem Alter und jammert ständig darüber, dass ihm die Knochen weh tun. Männer! Ich hätte auch allen Grund zum Jammern, doch ich beiße mir auf die Zunge und sage nichts. Das ist die einzig richtige Art und Weise, wie ich finde. Der Arme hatte wohl kein Glück mit den Frauen, denn er ist geschieden. Einmal hat er versucht, mir schöne Augen zu machen. Aber ich habe ihn stolz abgewehrt. Nachdem mein Mann gestorben war, habe ich mir geschworen, dass ich nie einem anderen gehören werde. Und so war es und so ist es!" Sie machte eine bestimmte Handbewegung. Martin versuchte ihren Beschreibungen der Mitbewohner zu folgen. Er wiederholte in seinem Kopf die drei Personen von denen sie gesprochen hatte: Das Paar Anna und Matthias, sowie Jürgen. Dann holte Marlies tief Luft: „Elsa ist ein naives Ding. Sie arbeitet in einem Drogeriemarkt und ist so rein und leichtgläubig, wie ein kleines Kind. Ihr kann man sagen, was man will, sie wird es glauben. Auch sie hatte bisher in der Liebe kein Glück und hatte erst einen Partner, der sie auch noch betrog. Sie kam als Letzte zu uns ins Haus. Das wird wohl vor einem halben Jahr gewesen sein. Und dann ist da noch Helga. Sie ist ein Männertyp. Verheiratet war sie nie, aber Männerbekanntschaften hatte sie, wenn man ihr Glauben schenken kann, am laufenden Band. Ich würde sagen, wir sind Menschen mit unterschiedlichsten Charakteren. Trotz allem passen wir sehr gut zueinander und ergänzen uns. Außerdem ist der Zusammenhalt sehr groß und wir helfen uns, wo immer es nötig ist."

Dann verstummte sie für einen kurzen Augenblick, sodass Martin sich zu Wort melden konnte: „Ich weiß nicht, ob ich dir recht folgen konnte."

„Das macht nichts, du wirst sie kennenlernen und dann wirst du verstehen."

Für Martin klang das so, als seien die Menschen dort im Haus mehr als nur gewöhnliche Nachbarn. So, als würden sie sehr viel Zeit miteinander verbringen. Eher, wie es Freunde tun.

„Und wie seid ihr alle zusammengekommen? Über eine Wohnungsannonce?", fragte Martin.

„Aber nein", Marlies schüttelte den Kopf. „Leonardo hat uns zusammengeführt. Er ist der Mittelpunkt des ganzen Hauses. Ohne ihn hätten wir uns nie kennengelernt."

Martin nickte. Er verstand jedoch nicht, was Marlies damit meinte. Wie und nach welchen Kriterien hatte er die Bewohner ausgesucht? Diese Frage gab ihm Rätsel auf. Marlies wies ihm unterdessen weiter den Weg. Sie bogen in eine am Waldrand gelegene Straße ein, in der nur ein großes Haus stand. Es war sehr alt. Martin schätzte es auf über 100 Jahre. Die Fenster waren groß und aus Holz gefertigt. Darüber sah man unterschiedliche, kleine Steinfiguren. Martin dachte, es könnten Sagengestalten sein. Er meinte einen ʻBerserkerʼ, einen ʻBärenhäuterʼ aus der altnordischen Mythologie zu erkennen. Und ebenso sah er mehrere Kobolde. An den Ecken des Hauses waren große Statuen eingearbeitet. Ein außergewöhnliches Haus, dachte Martin bei sich.

„Bist du beeindruckt von unserem schönen Haus?",
fragte Marlies. „Warte, bis du das Innere siehst!" Sie
nahm ihren Schlüssel aus der Handtasche und ging zur
schweren, grünen Eingangstür. Dann bat sie Martin,
einzutreten. Er kam in ein großes Treppenhaus. Die
Wände und Decken waren gelb gestrichen. An den
Wänden hingen unzählige gelbe, orangefarbene und rote
Mandalas in verschiedenen Größen. Es roch nach
Sandelholz und Weihrauch. Sie stiegen in den ersten
Stock hinauf. Auf dem Absatz zwischen den
Stockwerken stand ein kleines Tischchen mit Kerzen
darauf. Ein Räucherstäbchen brannte. An der Wand hing
ein feingearbeiteter Teppich, der eine große gelbe Sonne
als Motiv hatte. Marlies öffnete eine von drei Türen. Sie
bat Martin, seine Schuhe auszuziehen und einzutreten.
Im Inneren befand sich zu Martins Erstaunen keine
Wohnung. Sie standen in einem großen Raum. Die
schwere Tür war von innen mit gepolstertem Leder
überzogen. An der Stirnseite befand sich ein großer
Spiegel und eine Tür. Der Boden war mit ledernen
Matten ausgelegt. An der einen Wand stand eine
Stereoanlage und ein Regal in dem sich unzählige CDs
befanden. Daneben auf einem kleinen Tischchen
standen ein Wasserkocher und ein großes Gefäß. Die
Fenster waren verriegelt, sodass kein Licht von außen
hereinkam. Martin schaute sich alles genau an. Dann
nahm ihn Marlies an die Hand und führte ihn zu einem

großen, kunstvoll gestalteten Plakat, das an der gegenüberliegenden Wand hing. Dort hielten beide inne. Auf dem Plakat stand Folgendes:

Om, wir meditieren über den Glanz des
verehrungswürdigen Göttlichen,
den Urgrund der drei Welten, Erde, Luftraum und
himmlische Regionen.
Möge das höchste Göttliche uns erleuchten, auf dass
wir die höchste Wahrheit erkennen.

Marlies las den Spruch ehrwürdig und laut vor. Anschließend erklärte sie: „Das ist aus `Om, Gayatri and Sandhya´ von Svami Mukhyananda, Ramakrishna Math."

„Ah, ein Mantra", wiederholte Martin.

„Richtig", bejahte Marlies, „es bezeichnet im Hinduismus die wichtigste vedische Hymne, genannt `Gayatri Mantra´. Es wendet sich dem Aspekt der Sonne zu. Es ist dabei die spirituelle Sonne am spirituellen Himmel gemeint. Wir beten die Sonne an, das heilige Licht, das uns die Erlösung bringt."

Martin wendete sich Marlies zu. Er konnte kaum glauben, was sie eben ausgesprochen hatte.

Sie strahlte ihn an: „Einmal in der Woche versammeln wir uns alle in diesem Raum und meditieren. Es gibt uns

Kraft und Stärke. Du wirst sehen, es wird auch dich beseelen. Komm mit, wir müssen Leonardo treffen. Er müsste in seiner Wohnung sein." Sie nahm ihn bei der Hand und führte ihn durch das Treppenhaus in das oberste Stockwerk. Dort angekommen betätigte sie die Klingel. Kurze Zeit später öffnete Jasmine die Tür.

„Hallo Jasmine. Schau, wen ich mitgebracht habe."

„Aber ja, das ist doch der schüchterne Mann aus dem Restaurant `Giacomo´", sie reichte ihm die Hand. „Komm herein und sei unser Gast."

Martin trat in die asketisch eingerichtete Wohnung ein. Im vermeintlichen Wohnzimmer saß Leonardo im Yogasitz auf ledernen Matten. Er hielt eine große Tasse Tee in der Hand. Als er Martin erblickte, lächelte er. „Ich habe vermutet, dass du kommen würdest. Bitte nimm Platz. Jasmine, schenke ihm eine Tasse Tee ein."

Jasmine reichte ihm eine Tasse heißen Gewürztee. Martin sagte nichts. Er hielt es für besser, sich zurückzuhalten.

„Hat dir Marlies unser schönes Haus gezeigt? Ja? Wie schade, dass die anderen gerade noch am Arbeiten sind. Du wirst sie ein anderes Mal näher kennenlernen."

„Ich habe ihm das Gayatri Mantra gezeigt", sagte Marlies stolz, die auch mit einem Tee bei ihnen Platz genommen hatte.

„Sehr gut", befand Leonardo. „Ich hoffe, dich hat es ebenso beeindruckt wie uns alle."

Martin nickte langsam.

„Das Licht der Sonne ist sehr wichtig für uns alle. Es spendet Leben und Kraft und ist in der Lage, alles zu verbrennen und zu zerstören. Ich hoffe, du bist dir im Klaren darüber? Mich hat das Licht, die Kraft des Lichtes sehr beeinflusst und mein Leben grundlegend verändert. Ich möchte dir mein Schicksal, mein Leben anvertrauen. Höre zu." Leonardo machte eine große Pause. Jasmine und Marlies stellten ihre Tassen ab und richteten ihren Blick gebannt auf Leonardo. „Ich lebte bis vor acht Jahren ein ganz normales Leben, so wie du. Ich hatte eine Partnerin, ein Haus, Freunde und eine geregelte Arbeit als Ingenieur in einem großen Software-Unternehmen. Ich verdiente gut, hatte ein schickes Auto, ein Motorrad und genoss mein Leben in vollen Zügen. Es hätte nicht besser sein können. Aber, ich sage dir, es war ein armes Leben. Ein Leben voller Unsicherheit, ein dumpfes Leben des Nichtwissens. Was nützt einem der große irdische Reichtum, frage ich dich? Wenn in der Stunde des Todes alles vorbei ist? Das letzte Hemd hat keine Taschen. Was nützt einem der gute Job, das viele Geld im Jenseits? Ich sage es dir. Es nützt einem nichts. Man steht nackt und leer vor dem letzten Gericht. Den letzten Weg geht man alleine." Er setzte kurz ab, trank einen Schluck Tee und fuhr danach fort. „Nun, was ich jetzt berichte, ist die volle Wahrheit. Du musst mir glauben, was ich dir erzähle. Mit meinem Motorrad hatte ich einen schweren Unfall. Ich fuhr zu schnell in eine Kurve. Mich trieb es aufs offene Feld, wo ich dann nach mehreren Überschlägen zum Liegen kam. Es war kein anderes Fahrzeug an dem Unfall beteiligt. Es war ganz alleine meine Schuld und mein Versagen. Da lag ich und starb. Ich war wirklich tot. Da sah ich ein helles Licht und eine Stimme sprach zu mir. Es war der Herr des Lichtes. Gott selbst richtete das Wort an mich. Er offenbarte, dass ich der Auserwählte sei, der auf die Suche nach weiteren Auserwählten gehen sollte. Nur wir würden am jüngsten Tag ins Licht und somit ins ewige Leben eintreten dürfen. Wenn wir allen irdischen Besitz und allen Ballast von uns nehmen und rein vor Gott hintreten können, dann werden wir Glückseligkeit und Erlösung finden. So lautete der Auftrag und mit diesem wurde ich zurück ins Leben geworfen. Nachdem ich wieder körperlich hergestellt war, richtete ich mein Leben komplett neu aus. Ich kündigte meine nutzlose Arbeit und fand tatsächlich neue Menschen, Freunde, die mit mir den Weg ins Licht gehen wollen. Wir arbeiten daran, allen Ballast loszulassen und rein zu werden. Unsere Seele soll rein von irdischen Gütern sein, rein in unseren Gedanken, alles gerichtet auf das Leben nach dem Tod. In uns sollen allein das Licht und die Liebe wachsen." Er nahm Jasmines Hand. „Wir werden im Licht vereint unsere reine Liebe vor Gott bezeugen. Jasmine, meine geliebte Jasmine."

Es entstand eine Pause, in der niemand etwas zu sagen wagte. Marlies strahlte und Martin verstand nun, wieso er hierherkommen sollte. Er sollte ebenso, wie die anderen zu dieser Glaubensgemeinschaft übertreten. Die Absicht war klar und deutlich zu spüren. Martin war katholisch erzogen und aufgewachsen. Er war sehr mit dem Glauben vertraut, auch wenn er ihn selbst nicht mehr praktizierte. Trotz seines jetzigen Zustands durch den Verlust der Arbeit, war er dennoch nicht so labil, dass er sich solch einer Gemeinschaft anschließen wollte. Da war er sich ganz sicher. Aber wie konnte er aus dieser Situation entfliehen? Er beschloss erst einmal, nichts von seinen Zweifeln zu sagen. Er lächelte Leonardo an und trank andächtig seinen Tee aus.

Nach Leonardos Offenbarung bedankte sich Martin für die offenen Worte und sagte, dass er nun nach Hause gehen müsse. Es schob einen wichtigen Termin vor. Dass er die anderen Mitbewohner des Hauses nicht kennen lernen durfte, bedauerte er sehr. Doch Marlies meinte, dass es dafür bestimmt eine weitere Gelegenheit geben dürfte. Sie verblieben so, dass Martin an einem der kommenden Abende nochmals vorbeischauen sollte. Es sei ohnehin eine besondere Zeit, denn Leonardo würde zwei Außerwählte für zwei Tage lang mit in den Meditationsraum nehmen, abgeschnitten von der Außenwelt, um eine weitere Erleuchtungsstufe zu erreichen, die den restlichen leider noch verwehrt bleiben müsse. Martin wollte die anderen auf jeden Fall kennenlernen. Er verabschiedete sich überschwänglich und stieg anschließend mit gemischten Gefühlen in seinen Corsa.

3

Am nächsten Morgen parkte Martin den Wagen wie gewohnt in der Nähe des Studios. Wo wollte er heute den Tag verbringen? Er war sich sicher, dass er dieses Mal nicht in den Schlossgarten gehen würde. Marlies und den anderen wollte er heute nicht begegnen. Leonardo hatte ihn beeindruckt, ja. Aber dennoch wollte er Abstand gewinnen und sich von dessen geistiger Haltung nicht einwickeln lassen. Er konnte es gut nachvollziehen, dass Marlies, die so naiv und leichtgläubig zu sein schien, sich von Leonardo tief verstanden fühlte und ihn bewunderte. Jeder

Schauspieler braucht seine Bühne, seine Spielfläche und ein Gegenüber mit dem er interagieren und auf das er einwirken kann. Ohne eine Marlies kein Leonardo, so dachte Martin.

Vielleicht hatte Leonardo in vielen Dingen Recht, die er gesagt hatte. Materielle Werte zählten viel zu viel in unserer Gesellschaft. Dabei käme es nicht auf das an, was einer hat, sondern darauf, wie glücklich man ist. Zufriedenheit und Freude am Leben und am Lieben, das war es, was Martin wichtig fand, da war er mit Leonardo einig. Aber die Geschichte mit der Nahtoterfahrung und dem Auserwähltsein vom Gott des Lichts, die wollte er nicht wirklich glauben. Er stand dem Ganzen eher kritisch gegenüber. Unglaublich, in was er da hineingeraten war!

Martin blickte sich um. Er beschloss in Richtung Fußgängerzone zu gehen und dort in einem kleinen Café zu frühstücken. Die Fußgängerzone war um diese Zeit nicht sehr belebt. Einige Passanten marschierten getrieben von ihrem wohl engen Zeitplan von Geschäft zu Geschäft, ohne ihre Umgebung wahrzunehmen. Andere schlenderten scheinbar ziellos umher und schauten sich die schön geschmückten Schaufenster an. Eine Schulklasse mit zwei Lehrerinnen lief in einer Zweierreihe an ihm vorbei. Da musste er an Veronika denken. Vielleicht waren sie gerade auf dem Weg in die Kunsthalle?

Er beobachtete gerne andere Menschen und entdeckte oft kleine Eigenheiten, kleine Ticks, welche diese charakterisierten. Nun war er bei einem kleinen Café angekommen, das er schon öfter mit Veronika besucht hatte. Davor standen einige wenige zur Fußgängerzone gerichtete Stühle und Tische. Martin befand, dass hier der richtige Platz wäre, die nächste Stunde zu verbringen. Danach wollte er weitersehen, worauf er sonst noch Lust hätte.

Die Bedienung war sehr freundlich und in Kürze standen ein Rührei mit drei Brötchen, diversen Aufstrichen, sowie ein Birchermüsli und ein großer, heißer Milchkaffee auf seinem Tisch. Martin zahlte die Rechnung gleich nachdem das Essen gebracht wurde. Das war ein kleiner Tick von ihm. So konnte er, wenn er fertig war, aufstehen, wann er wollte. Genüsslich machte er sich daran, ausgiebig zu frühstücken. Als er sich gerade ein Brötchen mit Marmelade schmierte, schaute er auf und meinte in der Ferne Veronika zu erkennen. Was für ein Zufall. Sollte sie nicht in der Kunsthalle sein und Kinder unterrichten? Er wusste nicht recht, ob er sich nun freuen sollte oder nicht. Rasend schnell legte er sich in seinem Kopf eine Geschichte zurecht, die erklären würde, warum er hier saß und frühstückte.

Langsam kam die Frauengestalt näher. Ja, es war wirklich Veronika. Martins Herz klopfte. Gerade als er aufstehen wollte, um sich bemerkbar zu machen, da sah er, dass sich ein scheinbar fremder Mann ihr zuwendete und mit ihr sprach. Ihn hatte er zuvor nicht wahrgenommen. Beide blieben stehen und sprachen miteinander. Wer könnte dieser fremde Mann sein? Ein Kollege aus der Kunsthalle? Sie hatte nie von einem Mann gesprochen. Seltsam. Dann lachten sie und sie fiel ihm um den Hals. Martin öffnete den Mund. Seine Frau Veronika umarmte diesen Fremden innig und dann sah er, wie sie sich küssten. Es war kein Kuss unter Freunden auf die Wange. Es war ein liebender, langanhaltender Kuss auf dem Mund! Martin musste sich setzen. Er schluckte und konnte nicht fassen, was er eben gesehen hatte. Das Paar kam näher. Auf keinen Fall wollte er von ihnen entdeckt werden. Er könnte ihnen jetzt nicht gegenüberstehen und sich der Situation stellen. Er konnte keinen klaren Gedanken fassen, außer, dass er schnellstmöglich wegrennen musste. Er stand auf und huschte in eine Seitenstraße. Hinter einer Säule versteckte er sich. Für einen Moment schloss er die Augen. Das war zu viel für ihn. Der Verlust des Jobs und nun auch der Verlust seiner Beziehung? Veronika, wie konnte sie sich entlieben, ohne irgendein Zeichen zu senden? Sie war wunderbar gewesen, ihre Beziehung, und er war glücklich mit Veronika. Liebte sie ihn nicht mehr?

Dann fasste er sich und versuchte, um die Ecke der Säule einen Blick zu erhaschen. Veronika und der Fremde liefen gerade an ihm vorbei. Sie bemerkten ihn nicht. Martin beäugte den Mann. Dieser hatte graumelierte kurze Haare, war groß gewachsen und sportlich-muskulös. Seine Kleidung war ebenso sportlich, leger und einen Hauch extravagant. Er trug ein rotes, ärmelloses T-Shirt mit einem auffallenden, jugendlichen Spruch, dann eine weiße Leinenhose und braune, spitze Lederschuhe. Hand in Hand entfernten sie sich von ihm.

Martin konnte nicht anders. Er verfolgte die beiden in einem angemessenen Abstand. An der S-Bahn-Station `Herrenstraße´ warteten beide auf eine Bahn. Nach etwa zehn Minuten stiegen sie in den vorderen Wagen der Linie 5. Martin stieg ebenso ein, im hinteren Abteil. Die Bahn fuhr an. An jeder Haltestelle blickte er verstohlen, ob die beiden aussteigen würden. Dann war es soweit. Die beiden stiegen in Knielingen aus. Martin durfte sich nicht erwischen lassen. Er stieg aus und versteckte sich sofort hinter einer Litfaßsäule. In gebührenden Abstand schlich er beiden hinterher. Sie bogen in eine Sackgasse ein. Dort standen auf der linken Seite nur wenige Häuser. Auf der rechten Seite waren Schrebergärten mit ihren kleinen Parzellen und Wegen. Dort suchte er

Schutz, während er sah, wie Veronika mit dem Mann in einem Haus verschwand. Er konnte erkennen, dass es sich um ein Einfamilienhaus handeln musste, da nur eine Klingel neben der Eingangstür zu sehen war. Da stand er nun. Hinter einem Baum hatte er sich versteckt. Veronika hatte einen Geliebten und ihm gegenüber hatte sie nichts gesagt. Wie verlogen war sie gewesen. Er musste bitter an die Situationen denken, in denen sie nicht mit ihm schlafen wollte. Er machte sich nicht viel daraus und akzeptierte es, aber nun wusste er den Grund dafür. Natürlich empfand sie Leidenschaft, aber nicht mehr für ihn. Er stand da und fühlte sich wie ein kleiner Junge: hilflos, wehrlos und von der Welt verlassen. Und dort war seine geliebte Frau. So nah und doch so fern! Sollte er sie darauf ansprechen? Sie zur Rede stellen, heute Abend, wenn er nach Hause käme? Oder wollte er abwarten, bis sie von selbst von ihrem Verhältnis berichtete? Er entschied, zunächst nichts zu sagen. Er wollte warten, bis sie die Courage hatte und ehrlich mit ihm reden würde. So könne sie bestimmt nicht lange weitermachen.

Veronika war ihm sehr wichtig. Konnte er ihr verzeihen, wenn sie sich doch wieder ihm zuwenden würde? Er wusste nicht recht, ob er dazu die Kraft hätte. Er liebte sie und würde alles dafür tun, die Ehe und ihre Liebe zu retten. So viel konnte er im Moment sagen.

Nach eineinhalb Stunden, die Martin wie eine Ewigkeit vorkamen, öffnete sich die Tür und Veronika und der Mann kamen wieder heraus. Sie gingen die Straße entlang und bogen nach rechts ab in Richtung Straßenbahnhaltestelle. Offenbar ging es wieder zurück in die Stadt. Martin wartete etwa zehn Minuten, dann eilte er zu dem Haus und las den Namen auf dem Klingelschild: „Olaf Krutschin". Diesen Namen wollte er sich merken. Dann machte er sich auf den Weg zurück in die Innenstadt und fuhr anschließend mit seinem Auto zurück nach Bruchsal. Zu Hause googelte er den Namen des Mannes. Was er dadurch erfuhr, ließ ihn traurig werden. Olaf Krutschin war ein ansässiger bildender Künstler, der regelmäßig und sehr erfolgreich in Deutschland und Europa Ausstellungen hatte. Er unterrichtete Privatstudenten und war offenbar ein gefragter Mann. Seine Kunstwerke und Exponate fertigte er überwiegend aus Metall und Holz.

Martin schauderte es. Dieser Mann vereinte offenbar alles, was Veronika wichtig war. Er hatte Kunstverständnis, war kreativ, dazu sportlich-muskulös, leidenschaftlich und stark. Ein Mann mit Persönlichkeit. Wie um alles in der Welt sollte er mit diesem Mann konkurrieren können? Er, der schon einen Bauchansatz hatte, wenig sportlich war und von Kunst wenig Ahnung hatte? Veronika hatte sich nie wirklich mit ihm über ihre Leidenschaft unterhalten können. Ihre Themen konnte er nicht bedienen. Und seine Begeisterung für Kriminalromane und alles Ungeklärte hatte sie zwar akzeptiert, aber sich nie wirklich damit identifiziert. Martin seufzte. Regungslos saß er auf der Couch. Er fühlte sich einsam und alleine.

Als Veronika spät am Nachmittag nach Hause kam, versuchte er sich nichts anmerken zu lassen. Sie legte wie jeden Tag gut gelaunt ihre Tasche im Flur ab und gab Martin einen flüchtigen Kuss auf die Wange. Dann fragte sie, wie sein Tag gewesen sei. Er log sie an und erzählte von einem besonders anspruchsvollen Kunden. Später sollte sie von ihrem Tag berichten. Es sei nichts Besonderes vorgekommen, sagte sie. Alles sei so wie immer: „Ach, es waren heute zwei Gruppen aus der Grundschule am Weidekranz da gewesen. Die waren sehr lieb und haben auch ganz schön gearbeitet. Ich werde morgen ein paar Fotos machen und sie dir zeigen.“

„Das klingt toll. Vielen Dank.“

„Gerne doch, mein Lieber.“

„Und was hast du in deiner Mittagspause gemacht? Warst du wieder mit Irene essen? Weißt du, ich würde vielleicht auch gerne mal den Mittag mit dir verbringen, wenn es zeitlich passt.“

„Ach, heute kam ich überhaupt nicht zur Ruhe, weißt du? Die beiden Kurse waren sehr zeitintensiv in der Vor- und Nachbereitung. Ich hatte praktisch überhaupt keine Mittagspause. Aber wenn sich mal was ergibt, dann können wir uns gerne treffen." Sie lächelte ihn an.

„Ja, gerne", erwiderte Martin.

In der Nacht konnte Martin nicht einschlafen. Stumm lag er hellwach neben ihr. Er wusste nicht, was schlimmer war. Die Tatsache, dass sie ihn betrog oder die Tatsache, dass sie ihn so selbstverständlich anlog. Er fühlte sich einsam. Das Vertrauen war gebrochen.

4

Martin saß alleine im Wohnzimmer und trank eine Tasse heißen Kaffee. Veronika war bis in den späten Abend hinein mit Freundinnen verabredet. Sie wollten gemeinsam in die Sauna gehen. Natürlich war Martin misstrauisch, vermutete er doch hinter jeder Verabredung Veronikas ein Date mit dem Künstler. Doch heute schien es wirklich so zu sein, wie Veronika es gesagt hatte. Die letzten zwei Tage seit der Entdeckung des Verhältnisses waren furchtbar gewesen. Martin hatte nicht den Mut, Veronika darauf anzusprechen, weil er dann befürchtete, sie würde die Beziehung sofort beenden. Stattdessen sagte er nichts, versuchte so normal wie möglich zu agieren und schluckte seine Trauer hinunter. Hin und wieder versuchte er, sich durch sein Verhalten interessant zu machen, doch ob Veronika dies überhaupt bemerkte, wusste er nicht. Veronika war heute also verplant. Was sollte er heute mit dem Tag anfangen? Seit der Offenbarung Leonardos war er nicht mehr im Schlossgarten gewesen. Er ging dieser ganzen Sache aus dem Weg. Unheimlich war es ihm und er hatte Angst, in seiner labilen Verfassung mit hineingezogen zu werden. Doch er hatte es Marlies versprochen, noch einmal zu ihr zu kommen, um die anderen Mitbewohner kennenzulernen. Auch Leonardo sagte, dass er unbedingt wieder vorbeischauen solle.

Also, machte sich Martin auf den Weg nach Karlsruhe, direkt zum Haus in Daxlanden, in dem die Gesellschaft wohnte. Er nahm sich vor, dem Ganzen wachen Blickes und mit Vernunft entgegenzutreten.

Er las die Klingelschilder. Hinter dem Namen `M. Gutschmann´ vermutete er Marlies und drückte auf den entsprechenden Klingelknopf. Einen Moment später öffnete sich die Tür. Kurz nachdem er ins Treppenhaus eingetreten war, hörte er ihre trällernde Stimme aus dem Obergeschoss: „Wer ist denn da?"

„Ich bin es, Martin."

„Oh, Martin, wie schön, dass du da bist. Ich vermutete schon, du würdest nicht mehr kommen." Sie kam die Treppe hinuntergelaufen.

„Nun, ja, ich hatte die letzten beiden Tage unheimlich viel zu tun."

„Das ist ja wirklich sehr gut, dass du da bist. Weißt du, gerade im richtigen Moment. Heute ist Freitag, alle anderen sind bereits von ihrer Arbeit zurückgekehrt und Leonardo hat uns in einer Viertelstunde in den Meditationsraum bestellt. Er will uns verkünden, wer die beiden Auserwählten sind, die ab morgen für zwei Tage mit ihm meditieren werden, um eine Stufe näher zur Erleuchtung zu gelangen. Also das ist furchtbar aufregend! Ich hoffe, ich werde eine der beiden sein. Ich wünsche mir nichts Sehnlicheres, als bei ihm und mit ihm zu sein, wenn der große Tag über uns hereinbricht. Schade um die, die dann im Dunkeln leben, denn sie werden nicht erhört werden."

Dann öffnete sich im oberen Stockwerk eine Tür. Martin vernahm eine scharfe Stimme: „Matthias, ich fasse es nicht! Dass du mir das antun musst. Aber ich habe es ja schon lange vermutet!"

„Aber Anna, beruhige dich doch. Wirklich, ich liebe dich. Es hat nichts mit dir zu tun."

Dann kam eine der beiden Personen nach unten gelaufen. Als sie Marlies und Martin erblickte, erhellte sich ihr Gesicht: „Ah, Marlies, schön dich zu sehen." Dann wurde ihre Miene wieder finster: „Es ist kaum zu glauben! Diese Männer!" Gerade wollte sie an den beiden vorbei aus dem Haus treten, da kam die zweite Person von oben heruntergerannt: „Anna, so bleibe doch hier! Oh, entschuldigt bitte, ich habe hier niemanden vermutet. Anna, kommst du bitte wieder zurück? Ich werde es dir erklären. Bitte." Er streckte ihr die Hand entgegen. Sie seufzte und ging wieder mit ihm nach oben.

„Das waren Anna und Matthias", stellte Marlies vor. „Sie sind ein wunderbares Paar und wie ich schon neulich im Auto erwähnt hatte, streiten sie sich gelegentlich. Aber im Grunde sind sie total ineinander verliebt. So, wie unser früherer Nachbar, Herr Bleidorn und seine Frau Griselda. Man konnte darauf wetten, dass sie sich jeden zweiten Tag in die Haare bekommen würden. Teilweise liefen sie schreiend auf der Straße umher! Stell dir das mal vor. Und trotzdem liebten sie sich. Als dann Herr Bleidorn viele Jahre später starb, dauerte es keine drei Monate, bis sie ihm folgte. Sie konnten nicht mit und nicht ohne einander. Wie eben Matthias und Anna auch." Sie zuckte kurz mit den Schultern.

Die Haustüre öffnete sich und herein kam ein weißhaariger Mann mit einem leeren Müllbehälter. Als er Martin sah, blieb er stehen, reichte ihm seine Hand und sprach: „Guten Tag, ich nehme an, du bist Martin? Marlies hat viel von dir erzählt. Ich freue mich, dich kennenzulernen. Ich bin Jürgen."

„Freut mich." Martin und er schüttelten sich die Hände.

„Wirst du hier bleiben und mit uns beten? Ich muss nur schnell den Mülleimer zurückbringen, dann komme ich in den Meditationsraum. Vielleicht können wir uns ja später etwas mehr unterhalten."

„Ja, sehr gerne."

Jürgen lief an ihnen vorbei die Treppe hinauf in eines der oberen Stockwerke. Dann nahm Marlies Martin bei der Hand und führte ihn in den Meditationsraum. Dort war Elsa gerade dabei, den Tee aufzusetzen. Diese erschrak etwas, als die beiden unvermittelt eintraten.

„Hallo Elsa, darf ich dir den Martin vorstellen? Er ist neu hier. Er will uns näher kennen lernen und vielleicht wird er irgendwann zu uns gehören. Nicht wahr Martin?"

„Ja, nun ... ja, vielleicht." Martin lächelte Elsa an.

Diese hatte ihre Routine wiedergefunden und zählte löffelweise losen, indischen Gewürztee ab. „Das ist aber schön. Ich hoffe, dir gefällt es bei uns. Ich fühle mich so geborgen und so gebraucht. Die Gemeinschaft ist etwas Herrliches."

Eine Frau mit auffallend leuchtenden Augen trat in den Meditationsraum ein. Sie war sich ihrer Ausstrahlung auf Männer wohl bewusst. Zielsicher kam sie auf Martin zu: „Wer ist denn dieser hübsche, junge Mann hier? Ich hatte nicht erwartet, hier jemand Fremdes und so Attraktives zu treffen."

„Das ist Martin. Ich habe ihn im Schlossgarten kennengelernt." Marlies lächelte stolz.

„Was für eine Überraschung. Ich sollte öfter in den Schlossgarten gehen. Ich hoffe, wir werden genügend Zeit haben, uns näher kennenzulernen. Es wäre jammerschade, wenn wir dazu keine Gelegenheit bekämen." Sie strich Martin über die Schulter und wandte sich an Elsa: „Ist der Tee schon fertig?"

„Einen Moment noch, Helga, ich brühe ihn gerade auf", antwortete Elsa.

Dann öffnete sich die Tür und der Rest der Gesellschaft trat herein. Allen voran Leonardo und Jasmine, dann Anna und Matthias und zum Schluss Jürgen. Alle setzten sich in einen großen Kreis auf die ledernen Matten. Martin tat es ihnen gleich. Ruhe kehrte ein. Alle schauten ruhig und gebannt auf Leonardo, der im

Yogasitz saß und die Augen geschlossen hatte. Nach etwa fünf Minuten Stille öffnete er seine Hände, führte diese vor sich entlang ausgestreckt gen Himmel. Alle ahmten ihn nach. „Om", sang er. Der summende Klang `m´ wurde so lange gehalten, wie Atem zur Verfügung stand. Leonardo wiederholte immer wieder diesen Ruf, die anderen stimmten mit ein. Es entstand ein vielschichtiger Klangteppich, der allmählich anschwoll und im Forte durch den Aufschrei Leonardos endete: „Herr des Lichts, erhöre uns!"

„Erhöre uns!", antworteten die Übrigen. Dann verstummten die Rufe und es wurde wieder still. Die Hände wurden an der Seite des Körpers entlang nach unten geführt und auf die Knie abgelegt. Die Handflächen zeigten nach oben.

„Gnädiger, barmherziger Herr des Lichts. Arm, unwissend und blind treten wir vor dich hin. Nimm dich unserem Schicksal an, führe uns aus der Dunkelheit in dein Reich. Lass uns lossagen von unserem irdischen Ballast und ganz rein vor dich treten. Herr des Lichts, erhöre uns!"

„Erhöre uns!"

Dann öffnete Leonardo die Augen: „Herr, lass mich die auserwählten Gläubigen führen in dein Licht. Gib mir die Kraft und die nötige Stärke für den jüngsten Tag, wenn Dunkelheit über die Welt hereinbricht. Wir sind die Auserwählten!"

„Wir sind die Auserwählten des Herrn des Lichts", rief die Gruppe.

Dann standen alle auf, nahmen sich an den Händen und vollführten einen Kreistanz, untermalt mit individuellen Lauten und Stimmklängen, die sich wie Urschreie anhörten. Der ganze Vorgang erinnerte Martin stark an die Rituale afrikanischer Volksstämme, die Geister heraufbeschworen und wild ums Feuer herumtanzten. Nach und nach lösten sich die Hände und jeder drehte sich wild herum, hüpfte und stampfte. Auch die Stimmen wurden Martin immer unheimlicher. Immer wieder fielen die Worte `Herr des Lichts´, `erbarme dich unser´ und `erhöre uns´. Das Ritual dauerte etwa zwanzig Minuten. Wie in Ekstase und vollkommen weggetreten steigerten sich alle in ihren Gesang und Tanz hinein. Nach und nach ließen sie sich erschöpft und vollkommen atemlos auf den Matten nieder. In ihren Gesichtern konnte Martin Glückseligkeit ablesen. Die strahlenden Augen und Münder waren weit aufgerissen, als ob die Gruppe unter Drogen gestanden hätte. Unheimlich empfand Martin die Auswirkung, die das Singen und Tanzen auf alle hatte. Er tat so, als ob er ebenso mitgerissen worden wäre. In das Seufzen und schwere Atmen hinein begann Leonardo von Neuem:

„Meine Lieben, nun werde ich verkünden, wen ich morgen mit zu meinem Erleuchtungsritual nehmen werde. In voller Hoffnung auf zwei intensive Tage der seelischen Reinwaschung, werden mich dieses Mal Helga und Jürgen begleiten."

Helga stieß einen Schrei aus. „Leonardo, ich bin so glücklich!" Sie begann zu weinen. „So glücklich, dass du mich auserwählt hast. Ich liebe dich!"

Und auch Jürgen konnte sein Glück kaum fassen. Er schüttelte den Kopf, seufzte, kniete sich vor Leonardo hin und nahm seine Hände und küsste sie.

„So sei es!", beendete Leonardo diese kleine Veranstaltung. „Nun lasst uns alle zusammen Tee trinken."

Er gab Elsa ein Zeichen. Diese erhob sich und reichte allen nach einander eine Tasse mit Gewürztee. Martin stand mit Marlies auf. Beide gesellten sich zu Jürgen, der sichtlich stolz über seine Auserwählung war. Nachdem diese ausführlich besprochen und gewürdigt wurde, entstand ein angeregtes Gespräch zwischen den dreien, indem Jürgen aus seinem Leben und das späte Glück zu sprechen kam. Er hatte nach der Schule nicht gewusst, was er beruflich und überhaupt in seinem Leben tun solle. Da sein Vater ein Autohaus besaß, entschloss er sich mangels Alternative, eine kaufmännische Ausbildung zu absolvieren und anschließend im väterlichen Autohaus einzusteigen. Er war nie glücklich gewesen mit dem, was er dort tat. Es ging nur um Geld und Gewinnoptimierung. Das Menschliche blieb seiner Meinung nach ganz auf der Strecke. Beruflich war er nie zufrieden gewesen und auch im Privaten blieb ihm das Glück verwehrt. Seine Frau ließ sich vier Jahre nach der Hochzeit scheiden. Kinder hatte er keine. Danach war er alleine geblieben. Er hatte keinen Willen mehr, neu anzufangen oder sein Leben zu verändern. Als dann Leonardo in sein Leben trat, veränderte sich alles allmählich. Er bekam wieder neuen Lebenswillen. Neue Kraft und etwas, auf das er hinarbeiten wollte. Jetzt war sein Leben nicht mehr sinnlos. Nun hatte er ein neues Ziel, für das es sich zu leben lohnte. Marlies bewunderte ihn für seine Offenheit. Sie verglich ihn sofort mit Miguel, einem mexikanischen Mann aus ihrem Heimatort, der stets allen gegenüber offen war und jedem bereitwillig alles Private erzählte, ohne irgendwelche Hintergedanken. „Eine Seele von Mensch", schwärmte sie. „Gott weiß, was noch alles aus ihm hätte werden können. Nun ja, er wurde bei einem Grubenunglück verschüttet, was alle sehr betroffen gemacht hatte. So etwas wünsche ich natürlich dir nicht, Jürgen. Bitte versteh mich richtig …" Peinlich berührt von Marlies unpassendem Vergleich, der offenbar keinen weiteren Sinn hatte, wendete sich

Martin Helga zu, die bei Anna und Matthias stand, aber ab und zu herüberblickte.

Martin spürte, dass der Streit zwischen Anna und Matthias noch nicht vollkommen geklärt war. Sie standen zwar zusammen, hielten aber einen respektvollen Abstand zueinander. Immer wenn Helga etwas sagte, rollte Anna mit den Augen, als wolle sie sagen: `Es interessiert mich nicht, was du jetzt sagst. Ich habe meine eigenen Probleme´. Eine Annäherung zwischen Anna und Matthias war wohl an diesem Abend nicht möglich. Auch Helga konnte schlecht vermitteln. Martin sonderte sich mit Helga ab. Als sie alleine in einer Ecke standen, fragte sie ihn unvermittelt, ob er eine Freundin oder Frau hätte. Martin dachte an Veronika und Olaf. Sofort wurde ihm traurig zumute, doch er versuchte, es sich nicht anmerken zu lassen. Er bejahte und versicherte, sehr glücklich verliebt zu sein. Helgas anfängliches Flirten, was Martin sofort auffiel, verstärkte sich noch mehr. Die Tatsache, dass er vergeben war, schien Helga zu erregen. Sie legte sich ins Zeug und zog alle Register, die ihr möglich waren. Ihr Augenaufschlag, der weiche, sich wiegende Körper und ihre sanften Gesten hatten allerdings keinen Effekt auf Martin. Dies musste sie, zumindest an diesem Abend, akzeptieren. So ließ sie ihn aus ihren Fängen.

Martin wurde von Leonardo sanft eingehakt und von Helga weggeführt. „Du musst dich in Acht nehmen", sagte Leonardo schmunzelnd. „Sie wird dich verschlingen. Wenn du ihre Avancen erwiderst, dann wirst du von ihr vernascht werden." Er lächelte Martin warm an. „Sie ist eine tolle Frau. Ich mag sie sehr. Sie lebt die Liebe. Ich bin froh, sie hier bei uns zu haben."

„Woher kommt sie?", wollte Martin wissen.

„Aus dem Allgäu. Sie wohnte in einem kleinen Dorf. War aber nie ganz glücklich dort. Sie kam mit der Mentalität der Menschen dort nicht zurecht. Ich habe sie auf einer Reise kennengelernt und eingeladen, uns zu besuchen. Sie war total begeistert und hat sich uns sofort angeschlossen. Ich suchte ihr eine Arbeit in Karlsruhe und seitdem lebt sie bei uns."

Jasmine gesellte sich zu Leonardo und Martin. Sie und er gaben sich einen innigen Kuss. Dann wandte sich Leonardo wieder an Martin: „Die Liebe ist etwas unglaublich Schönes und Reines. Jasmine und ich kennen uns noch nicht so lange, aber solch eine intensive und reine Liebe habe ich noch nie erlebt. Letzten Monat haben wir uns in Paris verlobt. Wir werden voller Liebe vor den Herrn des Lichts treten, als Paar vereint. Jasmine wird heute Abend noch nach Paris fahren und unsere Eheringe abholen, die wir bei einem besonderen

Goldschmied in Auftrag gegeben haben. In Kürze wollen wir unsere Liebe für immer vereinen."

Jasmine strahlte ihn an. Dann zog sie ihre Brauen zusammen und fragte: „Leonardo, bitte komm mit. Ich möchte nicht alleine nach Paris fahren! Ohne dich!"

„Das kommt überhaupt nicht in Frage, mein Engel. Ich werde hier gebraucht. Du wirst auch ohne mich die Ringe abholen können. Ich bestehe darauf."

Jasmine wollte gerade etwas sagen, als er ihr ins Wort fiel: „Und dann, wenn du morgen die Ringe hast, stoß auf uns beide in unserem kleinen Lieblingsrestaurant ʽLe Feuʹ in der Avenue de Giaume an. Vergiss nicht unseren Freund Robért zu grüßen. Er wird sich freuen, wenn er dich sieht."

„Aber…"

„Es ist besprochen, mein Liebling. Heute wirst du in den Zug steigen und damit Schluss."

Leonardo klatschte in die Hände. Sofort hörten alle auf zu sprechen und wendeten sich ihm zu. „Lasst uns nun auseinandergehen. Ich freue mich sehr auf morgen. Und ich hoffe, meine zwei Auserwählten sind ebenso glücklich, wie ich es bin."

Ein Raunen ging durch den Raum.

Leonardo verschwand. Langsam lösten sich auch die übrigen Gespräche auf und nacheinander verließen alle den Raum. Helga warf Martin im Hinausgehen noch ein paar eindeutige Blicke zu. Jürgen zwinkerte und nickte. Jasmine und Elsa blieben noch, um den Raum wieder aufzuräumen, ihn zu putzen und die Tassen zu spülen.

Martin verabschiedete sich von Marlies und versprach ihr, am Montag nach dem Ritual wiederzukommen.

Als er in seinem Auto saß und nach Hause fuhr, konnte er es nicht leugnen. Er war sehr gespannt darauf, inwiefern das Erleuchtungsritual die Teilnehmer verändern würde.

5

Martin starrte in das Schaufenster. Im Internet hatte er von einer Ausstellung gelesen, in der auch die Werke Olaf Krutschins ausgestellt wurden und die an diesem Sonntag geöffnet hatte. Hier stand er nun, eifersüchtig, auf die Begabung dieses Mannes. Eine Begabung, die er selbst nicht hatte. Er las den Titel der aktuellen Ausstellung auf einem Plakat: „Die Kraft der Liebe". Er schluckte. Treffender hätte es seiner Meinung nach nicht sein können. Dann blickte er um sich. In zehn Minuten sollte die Ausstellung geöffnet werden. Einige Menschen warteten ebenso wie er. Er wusste wirklich nicht, warum er hier war oder was er sich vom Besuch der Ausstellung versprach. Er wollte teilhaben und etwas über diesen Mann in Erfahrung bringen. Wer war er, und womit beschäftigte er sich?

Schließlich war es soweit. Die Tür wurde geöffnet. Martin ließ die anderen Besucher vor. Er selbst blieb kurz auf der Schwelle der Tür stehen, bevor er langsam eintrat. In der Ausstellung waren Bilder und Exponate verschiedener regionaler Künstler zu sehen. Alle versuchten sich dem Thema Liebe in unterschiedlicher Weise zu nähern. Martin ging von Ausstellungsstück zu Ausstellungsstück. Dabei las er aufmerksam die Beschilderungen. Er mochte die modernen Plastiken nicht, die für seinen Geschmack sehr abstrakt und wenig gegenständlich waren. Veronika würde sich dafür begeistern können, dachte er. Sie würde viel hineininterpretieren und zu jedem Stück eine Geschichte erzählen können. Er lächelte bitter. Was hatten diese beiden Tropfenformen in Schwarz aus Glas mit Liebe zu tun? Tropfen, die scheinbar ineinanderflossen, aber doch eigenständig blieben? Er begutachtete diese Skulptur lange. Nein, er hatte keinen Zugang zu dieser Art von Kunst. Dann ging er weiter. In einem hinteren Raum wurde er fündig. Dort waren ausschließlich Stücke von Olaf Krutschin ausgestellt. Diese waren hauptsächlich

Schreine aus Metall. Teilweise mit Patina angesetzt. Schreine in verschiedenen Größen. Er verweilte lange vor einem besonders Schönen.

„Wunderschön, nicht?", hörte er eine samtene Stimme hinter sich.

Er drehte sich um und sofort lief ihm ein Schauer über den Rücken. Olaf Krutschin persönlich stand hinter ihm. Martin schluckte. Er versuchte, so beherrscht wie möglich zu bleiben.

„Darf ich mich vorstellen? Mein Name ist Krutschin. Ich bin der Künstler, der diese Schreine geschaffen hat." Er reichte Martin die Hand.

Martin und er begrüßten sich. „Ah, das ist sehr interessant. Wirklich, ich finde Ihre Kunst sehr ansprechend." Er sah nun Olaf aus der Nähe. Dieser hatte ein großflächiges, ebenes und markantes Gesicht. Seine blauen Augen hatten Strahlkraft und seine gepflegten Zähne leuchteten, wenn er sprach. Er war etwa einen halben Kopf größer als er.

„Das ist ja eine Überraschung, dass Sie als Künstler persönlich hier sind."

„Ja, ich bin gerne persönlich anwesend, um mit den Menschen ins Gespräch zu kommen. Ich finde den Austausch miteinander sehr wichtig. Mich interessiert, was andere in meiner Kunst sehen. Welche Gefühle sie bei ihnen weckt. Nun, was empfinden Sie beim Anblick meiner Schreine, wenn ich Sie das fragen darf?"

Martin blickte auf den Schrein vor ihm. „Ein Schrein ist etwas Heiliges, nicht? Ein Haus Gottes. Ich denke, dass die Liebe ebenso etwas Heiliges ist, eine göttliche Kraft. Und diese wohnt in einem Haus, in der sie geborgen und geschützt ist. Hatten Sie so etwas Ähnliches im Sinn?"

Olaf Krutschin bejahte und meinte, dass Martins Auffassungsgabe bemerkenswert sei. Die Liebe als göttliche Kraft war ebenso sein Gedanke. Und dass die Liebe ein Zuhause habe, das wollte er durch die Schreine ausdrücken. Die unterschiedliche Patina drückte ebenso die Vielschichtigkeit der Liebe und ihre Vergänglichkeit aus. Liebe müsse man pflegen und beschützen, sonst würde sie vergehen.

Martin starrte in seine Augen. Am liebsten würde er ihm die Wahrheit sagen. Er hatte versucht, seine Liebe zu pflegen und zu schützen! Doch Olaf hatte die Tür zu seinem und Veronikas Haus geöffnet und sich ein Stück Liebe herausgeholt. Martin biss sich auf die Lippe und sagte nichts. Stattdessen bedankte er sich und meinte, dass er nun weitergehen müsse. Olaf legte den Kopf auf die Seite, lächelte und bedankte sich ebenso. Dann ließ er Martin alleine und wandte sich dem nächsten Besucher zu. Martin holte tief Luft und lief schnellen

Schrittes aus dem Ausstellungsraum hinaus auf die Straße. Er stieß einen dumpfen Schrei aus und hätte platzen können vor Eifersucht. Nun hatte er seinen Rivalen persönlich kennengelernt. Er wusste nicht, wohin mit seinen Gefühlen und Gedanken. Dann entschied er sich, Gerald, seinen besten Freund, aufzusuchen. Er ging zu seinem Auto und fuhr zurück nach Bruchsal. Während der Fahrt kam ihm ein schrecklicher Gedanke. Was ist, wenn Olaf gewusst hatte, wer er ist? Wenn Veronika Olaf einmal ein Bild von ihm gezeigt hatte? Sicher hatten die beiden schon einmal über ihre Ehe gesprochen. Seine Augen weiteten sich. Dann würde Olaf Veronika berichten, dass er ihnen nachspionierte. Das wäre nicht gut. Veronika würde es ihm nicht verzeihen. Andererseits hatte Olaf keine eindeutigen Anzeichen gemacht. Er versuchte sich zu beruhigen und entschied, erst einmal nicht davon auszugehen.

Etwa zwanzig Minuten später stand er vor Geralds Haustür. Gerald war ein alter Freund aus dem Bruchsaler Amateurtheater `Die Muschel´. Er kannte Martin und Veronika sehr gut. Noch hatte er keine Ahnung, dass Veronika vermutlich einen Geliebten hatte.

Gerald bat Martin herein. Als er sah, wie aufgelöst Martin war, setzte er einen Tee auf und bat Martin zu berichten. Dieser fing mit bebender Stimme an, von den Erlebnissen der letzten Tage zu erzählen. Vom Verlust der Arbeit, über die Erlebnisse mit der Gruppe in Daxlanden, bis zum Verdacht, dass Veronika ein Verhältnis hätte. Gerald hörte aufmerksam zu und ließ Martin berichten, zunächst ohne seine eigene Meinung zu sagen. Als Martin fertig war, fragte Gerald: „Liebst du sie?"

„Aber natürlich, was glaubst du denn? Sie ist die wichtigste Person in meinem Leben."

„Und was willst du unternehmen?"

„Ich weiß es nicht. Ich habe Angst, etwas Falsches zu tun."

„Ich verstehe." Gerald nahm einen Schluck Tee. Dann riet er Martin: „Vielleicht redest du mit ihr. Ehrlichkeit ist die Grundvoraussetzung für eine intakte Beziehung. Sag ihr, wie es war. Dass du sie zusammen mit Olaf gesehen hast."

„Dann wird sie die Beziehung beenden. Sie wird in ihn verliebt sein."

„Vielleicht. Aber wenn sie dich dann verlässt, würde sie es später auch tun. Ob jetzt oder später, was für einen Unterschied macht das?"

„Und was für einen Sinn soll das machen?"

„Du weißt, was sie empfindet und wie ernst ihr Verhältnis ist." Nach einer Pause fügte er hinzu: „Vielleicht wird es aber ganz anders als du denkst? Vielleicht liebt sie euch beide und sie kann sich nicht entscheiden, bei wem sie sein möchte?"

„Was soll ich dann tun?"

„Gib ihr Zeit. Sag, dass du sie liebst und ihr so viel Zeit gibst, wie sie braucht, um sich darüber klar zu werden, was sie will. Ich denke, das ist der einzige Weg, sie zu halten. Zu klammern und sie unter Druck zu setzten wird sie nur weiter von dir wegtreiben. Das ist meiner Meinung nach deine einzige Chance."

Martin blickte in seine Augen. Er vertraute Gerald. Und er wusste, dass er Recht hatte. Er musste mit ihr reden. Vielleicht heute noch nicht. Er war zu aufgeregt und zu durcheinander. Aber bald würde er das Gespräch suchen. Dann fügte er noch matt hinzu: „Als wir uns gegenüberstanden, Olaf und ich, wollte ich ihn hassen. Aber ich konnte es nicht. Er war nett und sehr freundlich zu mir. Das ist wirklich bitter. Ich kann Veronika sogar verstehen. Olaf ist ein attraktiver Mann. Er ist kein Schwein."

6

Am nächsten Morgen saß Martin wie versprochen bei Marlies in der Küche. Beide tranken eine Tasse Kaffee. Marlies war sehr aufgeregt. Leonardo hatte sich am Samstag feierlich zusammen mit Helga und Jürgen im Meditationsraum einschließen lassen, um das Erleuchtungsritual durchzuführen. Marlies verwahrte den Schlüssel. Es war wichtig, abgetrennt von der Außenwelt zu sein, hatte Leonardo gesagt. Zwei Tage dauerte es an. Die Teilnehmer durften keine Nahrung, sondern nur Tee zu sich nehmen. Eine Toilette gab es in einem kleinen angrenzenden Raum. Während dieser zwei Tage wurde gesungen, geschrien, getanzt und meditiert. Leonardo wollte auch seine Hand auflegen, um Helga und Jürgen seine heilige Energie und Kraft zu übertragen. „Ist es nicht aufregend?", schwärmte Marlies. „Ich bin so gespannt, wie sich Helga und Jürgen verändert haben. Einen Effekt muss es haben, da bin ich mir sicher. Wie schade, dass er mich nicht auserwählt hat. Ich habe kein Glück. Wobei das nichts mit Glück zu tun hat. Hm, ich bin vielleicht noch nicht an der Reihe. So wie Traudl, das war eine gute Freundin von mir, sie sagte ebenso, dass sie noch nicht an der Reihe wäre. Du musst wissen, sie spielte jede Woche Lotto und träumte von einem Riesengewinn, der ihr Leben verändern sollte. Sie hatte kein Glück und meinte immer: `Ich bin noch nicht an der Reihe´. Nun ja, das war sie dann schlussendlich nie, denn sie starb und hatte nichts. Arm geboren und arm gestorben. So ist das manchmal im Leben. Aber was wollte ich eigentlich sagen? Ja, richtig! Ich bin wahrscheinlich noch nicht genug erleuchtet. Ich muss härter an mir arbeiten. Vielleicht erwählt mich Leonardo dann beim nächsten Mal. Ich hoffe es inständig!"

„Warum ist es wichtig, eingeschlossen zu werden?", fragte Martin.

„Nun ja, während eines solchen Rituals durchläuft man verschiedene Stadien, so sagt Leonardo. Man gerät von völliger Ekstase, über tiefe Erschöpfungszustände, zu völliger Trance. Es könnte sein, dass ein Teilnehmer versucht auszubrechen, weil er diese Schwankungen nicht aushält. Um das zu verhindern, wird von außen abgeschlossen. Es gibt kein Entrinnen. Erst zum vereinbarten Moment wird der Raum wieder aufgeschlossen und die Erleuchteten wieder in die Gemeinschaft aufgenommen."

„Ich verstehe."

„Und gleich ist es soweit. Um 10 Uhr ist der Augenblick gekommen. Wie schön, dass du gekommen bist. Ich kann es kaum erwarten, zu hören, was die drei berichten werden. Komm mit!"

Sie stand auf und verließ die Küche. Martin eilte ihr hinterher. Als sie im unteren Stockwerk vor dem Meditationsraum ankamen, standen dort bereits schon Elsa, Anna und Matthias. Alle schauten gebannt auf die Uhr. Aus dem Inneren konnte man nichts hören. Ohnedies war der Raum schallgeschützt.

„Es ist so weit", sagte Matthias. „Lasst uns die Tür öffnen."

Marlies steckte den Schlüssel in die Tür. Langsam drehte sie ihn um. Mit einem Knacken ging die Tür auf. Stille lag über dem Raum. Helga, Jürgen und Leonardo lagen verteilt im Raum auf ihren Matten.

„Sie sind noch vollkommen erschöpft und schlafen noch", flüsterte Marlies, die noch in der Tür stand. „Vielleicht sollten wir später wiederkommen und sie schlafen lassen."

Martin drängelte sich an Marlies vorbei und schritt in den Raum. Die Luft roch abgestanden und verbraucht. Er beugte sich über Leonardo. Da sah er in seine weit aufgerissenen Augen. Sein Mund stand offen. Er fühlte seinen Puls am Hals. Martin schluckte und konnte nicht fassen, was hier geschehen war! Dann ging er zu Helga und Jürgen. Jedes Mal der gleiche Anblick. Er sah die anderen fassungslos an: „Sie sind tot!"

Anna vergrub ihr Gesicht in ihren Händen. Sie taumelte. Matthias stütze und umarmte sie. Er selbst war geschockt und starrte auf den leblosen Leonardo. Elsa sackte in sich zusammen. Ihre Lippen bebten. Sie umarmte sich selbst und wiegte sich, wie ein kleines Kind. Marlies stieß einen entsetzlichen Schrei aus. Dann jammerte sie: „Wieso hat er mich nicht auserwählt? Wie konnte er uns das nur antun! Wir wollten doch gemeinsam ins Licht gehen. Jetzt hat er nur Helga und Jürgen mitgenommen in die Ewigkeit, und wir müssen hier auf dieser Erde weiterleben. Wie konnte er uns das nur antun? Leonardo, bitte erhöre unser Gebet! Nimm uns mit, lass uns nicht alleine zurück!" Sie ließ sich auf die Knie fallen und weinte bitterlich.

Elsa kam zu sich, stand auf und nahm sich ihrer an. Sie führte sie in die hintere Ecke des Raumes, wo ein kleiner Schemel stand, auf dem Marlies Platz nahm. Matthias wandte sich an Martin: „Was sollen wir tun? Ich weiß nicht, wie das geschehen konnte. Sie waren voller Leben. Es war bestimmt nicht geplant."

„Wer weiß?", antwortete Martin. „Wir müssen in jedem Fall die Polizei verständigen. Ich werde es tun." Er verließ den Raum und tätigte den Anruf. Vor dem Haus wartete er gedankenversunken. Wie konnte es geschehen, dass alle drei starben und keiner von außen Zutritt hatte? Es gab keine Fremdeinwirkung. Es sei denn, jemand hätte den Schlüssel von Marlies entwendet. Oder gab es einen Zweitschlüssel? Was wäre, wenn Marlies …? Er konnte diesen Satz nicht zu Ende denken, zu abwegig erschien ihm der Gedanke. Vielleicht war es Selbstmord? Einer brachte sich und die anderen um. Könnte Leonardo sich das Leben genommen und die anderen mit in den Tod gerissen haben? Aber welchen Grund sollte er dafür gehabt haben? Er war voller Leben und wollte heiraten. Das passte nicht zusammen. Über die anderen konnte Martin nichts sagen, denn er kannte sie zu wenig.

Vier Polizeiwagen kamen angefahren. Die Polizisten kamen gleich auf Martin zu, allen voran Hauptkommissar Frank, den Martin sehr gut kannte. Einmal war er in einem Mordfall in Karlsruhe verwickelt gewesen, in dem auch Hauptkommissar Frank ermittelte. Daneben lief ein ihm unbekannter, jüngerer Mann. Offenbar ein neuer Kollege. Franks Gesicht erhellte sich, als er Martin sah: „Herr Fennberg, wie schön, Sie wiederzusehen. Ich hatte nicht erwartet, Sie jemals wiederzutreffen. Wie ist es Ihnen ergangen?"

Martin erzählte, dass er nun mit der Frau verheiratet war, die er damals bei den Breidenfalls kennen gelernt hatte. Stolz berichtete er von weiteren Mordfällen, die er mit

Hilfe der Polizei lösen konnte. Herr Frank nickte bewundernd: „Wahrlich, Sie haben Talent, das muss ich sagen!"

Dann stellte er ihm seinen neuen Kollegen vor. Ein junger, gutaussehender Mann mit glatt gekämmten Haaren und geradlinigen Gesichtszügen. „Guten Tag, ich bin Kommissar Stürmer", stellte er sich vor. Martin lächelte ihn freundlich an.

„Nun erzählen Sie, was hier passiert ist." Hauptkommissar Frank wurde förmlicher.

Martin berichtete von der außergewöhnlichen Gruppe, die gemeinsam in dem Haus wohnte, und wie er durch Zufall dazugestoßen war. Er erklärte ihm die Lehre von Leonardos Glaubensgemeinschaft und beschrieb die Rituale, die er bisher miterlebt hatte. Hauptkommissar Frank verstand sofort, worum es sich hierbei handelte: „Hm, ich verstehe, also haben wir es hier mit einer Sekte zu tun."

„Vielleicht", entgegnete Martin. Die tieferen Strukturen hatte er noch nicht kennengelernt. So viel er wusste, ging es bei Sekten oftmals auch um Geld. Die Anhänger wurden ausgenommen. Davon war hier jedoch noch keine Rede.

„Gehen wir hinein", bestimmte nun Hauptkommissar Frank.

Die Gruppe setzte sich in Bewegung. Martin zeigte ihnen, wo der Meditationsraum war. Elsa, Marlies, Anna und Matthias hatten sich gemeinsam in die hintere Ecke des Raumes gesetzt. Sie hielten sich an den Händen und beteten. Nachdem der Rechtsmediziner die Leichen untersucht hatte, erklärte dieser Hauptkommissar Frank seine erste Einschätzung: „Es wird sich sicher um eine Vergiftung handeln. Welches Gift es war, muss ich noch näher untersuchen. Alle drei scheinen das gleiche Gift geschluckt zu haben. Nach einer gewaltsamen Fremdeinwirkung scheint es nicht auszusehen. Keine Spuren von Gewalt."

„Wie wurde ihnen das Gift verabreicht?"

„Ich schätze oral. Vielleicht haben sie Tabletten geschluckt oder es wurde ein Pulver in einer Flüssigkeit aufgelöst."

„Ich danke Ihnen. Nun, sie könnten es gemeinsam geplant und ritualisiert durchgeführt haben. Das wäre nicht das erste Mal, dass so etwas geschieht, nicht?"

Der Arzt nickte, stand auf und machte der Spurensicherung Platz. Alle mussten den Raum verlassen. Die Polizeibeamten begannen mit ihrer Arbeit. Gleichzeitig gab Kommissar Frank die Anweisung, die Wohnungen der Toten nach Indizien abzusuchen.

Die Hausgemeinschaft sollte sich nun bereithalten, um Fragen zu beantworten. Die Personalien wurden von zwei Polizisten aufgenommen. Hauptkommissar Frank wollte nacheinander mit den Hausbewohnern sprechen. Da aufgrund der Untersuchungen im Haus hierfür keine geeigneten Räumlichkeiten zur Verfügung standen, beschloss er, die Verhöre vor dem Haus durchzuführen. Im Garten gab es eine kleine Sitzgelegenheit. Matthias sollte als erster verhört werden. Martin zog sich mit Marlies, Elsa und Anna zurück. Matthias nahm Platz. Kommissar Frank setzte sich ihm gegenüber. Kommissar Stürmer stand hinter ihm.

„Sie heißen Matthias Schublach. Und sind verheiratet mit Anna Schublach. Ist das korrekt?"

„Ja, das ist korrekt."

„Wo arbeiten Sie momentan?"

„Ich arbeite als Chemielaborant in einem mittelständigen Pharmaunternehmen in Karlsruhe. Das Unternehmen heißt: `Phazola-GmbH´."

„Wie lange leben Sie schon mit Ihrer Frau in diesem Haus?"

„Vor eineinhalb Jahren haben wir Leonardo kennengelernt. Kurze Zeit danach sind wir hier eingezogen."

„Wie und wo haben Sie Herrn Leonardo Reesiger kennengelernt?"

Matthias überlegte. Etwas peinlich berührt sprach er weiter: „Ich nahm an einer Männergruppe teil. Wir trafen uns einmal in der Woche in Karlsruhe in einem Nebenraum im Restaurant `Zur Rose´. Wir sprachen über unsere privaten Probleme und gaben uns gegenseitig Hilfestellungen. Angeleitet wurde die Gruppe von einem Psychologen. Eines Abends war Leonardo da. Mir ging es nicht gut in dieser Zeit. Da hat er mich aufgebaut und mir Mut zugesprochen. Seine Anwesenheit und Nähe taten mir gut. Kurze Zeit später, nachdem er auch Anna kennengelernt hatte, zogen wir hier ein."

„Ich verstehe. In welcher Beziehung standen Sie zu den Verstorbenen?"

„Leonardo ist … war für mich ein großes Vorbild. Ihm nachzueifern war seit dem Kennenlernen mein Lebensinhalt. Helga und Jürgen liebte ich. Wir alle lieben uns hier. Aber mehr kann ich nicht dazu sagen."

Nach einer Pause fuhr Kommissar Frank fort: „Waren Sie finanziell von Herrn Reesiger abhängig?"

Matthias stockte kurz, dann sprach er: „Nein, ich war nicht von ihm abhängig."

„Ich frage anders: Haben Sie Herrn Reesiger einen bestimmten Betrag ausbezahlt, regelmäßig? Vielleicht ein prozentualer Anteil Ihres Gehaltes?"

Wieder verneinte Matthias.

„Gut." Kommissar Frank stand auf. „Wie kam es, dass Herr Reesiger und die anderen in dem Raum eingeschlossen waren?"

Matthias erzählte genau den Ablauf des Erleuchtungsrituals. Samstagmorgen hatten sich alle gemeinsam im Meditationsraum getroffen. Es wurde gebetet und gesungen. Anschließend wurden die beiden Teilnehmer Helga und Jürgen von Leonardo gesegnet. Die anderen huldigten ihnen. Feierlich zog die Gruppe aus, während Leonardo, Helga und Jürgen vor dem großen Plakat mit dem Mantra Platz nahmen. Was weiter im Raum geschah, davon wusste er nichts zu berichten.

„Haben Sie während des Rituals irgendetwas von den dreien vernommen?"

„Nein, der Raum ist schallisoliert."

„Haben Sie gesehen, wie sich ein anderer Zutritt verschafft hat? Es könnte jemand von außen eingedrungen sein."

„Tut mir leid. Ich habe niemanden gesehen."

Kommissar Frank schüttelte den Kopf. Er bedankte sich fürs Erste bei Matthias. Dieser konnte wieder zu den anderen gehen. Kommissar Frank wendete sich an Kommissar Stürmer: "Haben die drei das Gift selbst und bewusst genommen, um sich umzubringen? Was meinen Sie?"

Kommissar Stürmer kam näher heran: „Es scheint so."

„Dann könnte es tatsächlich ein ritualisierter und religiös motivierter Suizid sein."

Als Nächste sollte Anna zum Verhör kommen. Kommissar Frank beobachtete sie, wie sie vom Haus herüber zur Sitzecke gelaufen kam. Ihr Gesichtsausdruck war verbissen. Ihre Haltung gerade und steif. „Sie wollen mich sprechen?"

„Sehr richtig, bitte, Frau Schublach, setzen Sie sich."

Anna nahm Platz. Sie blickte dem Kommissar nicht in die Augen. Zuerst musste sie Fragen zu ihrer Person beantworten. Anschließend sollte sie berichten, wie sie mit ihrem Mann an Leonardo geraten war und wie lange sie schon hier wohnte. Ihre Aussage deckte sich mit der von Matthias.

„Sagen Sie, Frau Schublach, in welcher Beziehung standen Sie zu den drei Toten?"

Sofort begann Anna von Leonardo zu schwärmen. Seine Stärke und Hingabe waren das, was ihr am meisten imponierte. Er lebte für die Anderen. Ihre Nöte und Sorgen waren auch die seinen. Er identifizierte sich mit dem Schicksal der Anderen. Es war das größte Glück, hier in das Haus einzuziehen und mit ihm zu leben. Traurig und unfassbar war es, dass er sie alleine zurückließ und sie nicht mit ins Licht nahm. Das konnte sie nicht verstehen.

Jürgen war nach ihrem Dafürhalten ein sehr hilfsbereiter Mann. Er hatte immer ein offenes Ohr für die Anderen. Er hatte es im Leben auch nicht leicht gehabt: geschieden, ohne Kinder. Und auch im Beruf war er nicht glücklich gewesen. Ein trauriges Schicksal, das auch erst durch Leonardo erhellt wurde.

Auf die Frage nach Helga machte Anna ein grunzendes Geräusch. Sie antwortete nicht gleich, sondern wählte ihre Worte bewusst: „Helga war zu bedauern."

„Inwiefern?"

„Nun ja, sie brauchte die Bestätigung von außen für ihr Seelenheil. Sie hatte überhaupt kein Selbstbewusstsein, sondern holte sich ihr Heil über die Zuneigung von anderen."

„Von anderen? Wen genau meinen Sie?"

„Von Männern", sagte sie etwas kleinlaut. „Ich weiß nicht warum, aber sie musste offenbar irgendetwas kompensieren. Eine feste, ehrliche Partnerschaft hatte sie noch nie im Leben geführt. Aber Bekanntschaften hatte sie, wenn man ihr glauben schenken konnte, am laufenden Band. Fragen Sie Herrn Fennberg, sie hat sich sofort an ihn herangemacht, als er hier aufgetaucht war. Keine drei Sekunden hatte es gedauert und schon machte sie ihm schöne Augen. Es war hier allen bekannt." Nach einer Pause fügte sie hinzu: „Trotzdem wurde sie von allen hier geachtet, verstehen Sie mich bitte nicht falsch. Sie wurde so akzeptiert, wie sie war."

Kommissar Frank lächelte: „Vielen Dank für Ihre Einschätzung. Können Sie sich vorstellen, dass sich jemand während des Rituals Zutritt zu dem Raum verschafft hat, um die drei zu vergiften?"

„Aber nein, wie kommen Sie darauf? Ich habe niemanden gesehen. Das ist vollkommen ausgeschlossen. Sie haben es selbst getan. Ich kann es immer noch nicht fassen. Ich weiß nicht, was mit uns Übriggebliebenen geschehen soll." Sie schüttelte den Kopf. Ihre Trauer und ihre innere Zerrissenheit waren ihr anzusehen. Kommissar Frank bedankte sich. Anna durfte nun wieder zu den anderen zurückgehen.

Nachdem Elsa Platz genommen hatte, sollte auch sie Angaben über ihre Person machen. Sie beantwortete bereitwillig alle Fragen. Kommissar Frank beobachtete Elsa genau. Sie saß mit weit aufgerissenen Augen da. Ihre Beine waren angespannt und mit ihren Händen spielte sie nervös. Er hatte den Eindruck, dass Elsa sehr unsicher und leicht zu beeinflussen war. Als die Rede auf Leonardo kam, fing sie sofort an zu weinen. Es war so, als ob Leonardo alle in diesem Haus maßlos beeindruckt hatte. Alle waren auf ihn fixiert. Ein kritisches Denken konnte er bisher bei keinem erkennen.

Elsa verstand sich ebenso gut mit Helga und Jürgen. Sie blickte zu ihnen auf, da sie im Prozess der Erleuchtung weiter fortgeschritten waren, als sie selbst. Auf die Frage, ob sich jemand Fremdes Zutritt verschafft haben könnte, antwortete sie sehr entschlossen mit 'nein'. Sie könne sich das nicht vorstellen.

„Welche Aufgaben hatten Sie während oder vor dem Ritual?", fragte Kommissar Frank.

„Ich bin zuständig für die Ordnung und Sauberkeit im Meditationsraum. Ich räume auf und putze. Das ist schon so, seitdem ich in dem Haus lebe. Manchmal hilft mir auch Jasmine dabei."

„Was genau muss vorbereitet werden für solch ein Ritual?"

Elsa überlegte: „Der Raum muss sauber sein. Ich sauge und wische den Boden und putze die Toilette. Wenn alles sauber ist, dann muss ich die Musik vorbereiten. Es gibt mehrere Phasen, in denen zur Musik meditiert wird, wissen Sie? Dann muss der Tee zubereitet werden. Die Tassen müssen natürlich gespült sein, das mache ich auch."

„Sie haben den Tee für dieses Ritual persönlich zubereitet?"

„Selbstverständlich. Wir trinken Indischen Gewürztee."

„Wie genau haben Sie den Tee zubereitet?", wollte Frank wissen.

„Wie genau? Nun, ich habe Wasser aufgekocht, den beutellosen Tee löffelweise abgezählt und aufgebrüht. Der Tee wurde in einer sehr großen Thermoskanne warmgehalten. Das ist die einzige Flüssigkeit, die die drei zu sich nehmen durften. Weitere Speisen und Getränke gab es nicht."

Hauptkommissar Frank warf Kommissar Stürmer einen vielsagenden Blick zu. Dann bedankte er sich bei Elsa. Sie stand auf und lief beschämt wie ein Schulmädchen zurück ins Haus.

Als nächstes kam Marlies zum Verhör. Sie schaute Hauptkommissar Frank mit wachen Augen an. Ihre innere Unruhe konnte Frank deutlich spüren. Bevor er Luft holen konnte, um seine Einstiegsfrage zu stellen, fing Marlies von selbst an zu erzählen: „Herr Hauptkommissar, es ist einfach schrecklich, was heute passiert ist. Wir können es alle kaum fassen. Leonardo war für uns wie ein Vater, der uns führte und uns durch die beschränkte Dunkelheit leitete. Er war der Sehende, wir die Blinden. Niemand von uns hätte ihm auch nur ein Haar krümmen können. Sehen Sie: ohne ihn gibt es für uns keine Erlösung! Nun müssen wir alle ewig in der Dunkelheit leben. Ähnlich verhält es sich mit Helga und Jürgen. Wir gehören hier alle zur gleichen Familie. Wir würden uns nie gegenseitig umbringen. Das ist ganz und gar unmöglich. Es ist so: Wir sind förmlich zusammengewachsen, uns kann niemand trennen. Wie bei der Familie Schuster in meinem Heimatort. Die Familie hatte sechs Kinder. Vier Brüder und zwei Schwestern waren es, um es genau zu sagen. Zwei von ihnen waren durch und durch schlecht und durchtrieben. Aber sie hielten zusammen, was auch immer kommen mochte. Als ein Kind in der Nachbarschaft verschwand, hatten alle sofort die Schusters in Verdacht. Aber gemeinsam konnten sie beweisen, dass nicht sie die Schuldigen waren. Es war der Bäcker Reinhold gewesen, den niemand verdächtigt hatte. Wer hätte das gedacht? Nicht, dass Sie mich falsch verstehen. Wir haben hier nichts zu verbergen. Wir haben es nicht nötig, einen Schuldigen zu decken oder dergleichen. Aber es ist sonnenklar, dass Sie woanders nach dem Schuldigen suchen müssen. Hier bei uns werden Sie nicht fündig werden." Sie beendete ihre Rede mit einem heftigen Kopfnicken.

„Frau Jasmine Handschel, die Partnerin von Herrn Reesiger, war das Wochenende über verreist?"

„Ach ja, die arme Jasmine! Sie weiß noch von nichts. Sie wird erst heute Nachmittag gegen 15 Uhr mit dem Zug aus Paris eintreffen. Um viertel vor vier erwarten wir ihre Ankunft hier im Haus. Daran hatte ich ja noch gar nicht gedacht!"

„Wie würden Sie die Beziehung zwischen Herrn Reesiger und Frau Handschel bezeichnen?"

„Oh, sie liebten sich sehr. Jasmine ist so eine entzückende und liebenswerte Frau. Kein Wunder, dass Leonardo sie als Partnerin erwählte. Sie waren eins und ergänzten sich wunderbar. Es war eine Freude, sie zusammen zu erleben."

„Wieso war sie bei dem Ritual nicht anwesend?"

„Leonardo schickte sie weg. Sie sollte in Paris ihre Eheringe abholen, die sie vor einigen Wochen bei einem besonderen Goldschmied in Auftrag gegeben hatten. Jasmine wollte unbedingt dableiben, doch Leonardo bestand darauf, dass sie geht. Wenn er etwas bestimmte, da wagte man es nicht, sich zu widersetzen. Auch nicht Jasmine, sie beugte sich seinem Willen und fuhr am Freitagabend alleine los."

„Ich verstehe", Hauptkommissar Frank nickte. Dann fuhr er mit der nächsten Frage fort: „Sie verwalteten den Schlüssel zum Meditationsraum?"

„Ja, das ist richtig. Ich habe den Schlüssel an mich genommen. Ich habe ihn in eine Schale in die Küche gelegt. Dort lag er bis heute Vormittag."

„Könnte es sein, dass ihn jemand in den letzten beiden Tagen entwendet und anschließend wieder zurückgelegt hat?"

„Nein, das ist ganz und gar unmöglich. Sehen Sie, ich schließe meine Wohnungstür immer ab. Es konnte niemand in die Wohnung hineingekommen sein. Und mit mir war nur Herr Fennberg in meiner Wohnung. Heute Morgen kam er und gemeinsam gingen wir dann hinunter, um den Raum aufzuschließen. Was dann geschah, das wissen Sie ja."

„Vielen Dank Frau Gutschmann, für ihr offenes Ohr und ihre Hilfe." Hauptkommissar Frank gab ihr zu verstehen, dass sie sich nun wieder entfernen durfte.

Als die beiden Kommissare alleine waren, besprachen sie die Informationen, die sie durch die ersten Verhöre gesammelt hatten. Beide waren sich einig. Man konnte fast hundertprozentig ausschließen, dass sich ein Fremder Zutritt zum Meditationsraum verschafft hatte. Es müsste jemandem aufgefallen sein. Somit lag die Vermutung nahe, dass es sich wirklich um einen religiös motivierten Ritualsuizid handeln könnte. Alle drei hatten den Freitod offensichtlich selbst gewählt und durchgeführt.

Kommissar Frank wies Kommissar Stürmer an: „Wir müssen die Angehörigen ausfindig machen und sie informieren. Können Sie das in die Wege leiten? Ich werde ins Revier fahren und mich über Leonardo Reesiger informieren. Ich möchte wissen, ob im Intranet etwas über diese Glaubensgemeinschaft eingetragen ist. Vielleicht ist etwas darüber zu finden. Dann warten wir die Berichte der Obduktion und der Spurensicherung ab und kommen zu späterer Stunde nochmal hierher, um mit Jasmine Handschel zu sprechen.“

„Wird gemacht!“, antwortete Kommissar Stürmer. Im Gehen bemerkte er: „Was ist mit diesem Herrn Fennberg? Wir haben ihn noch nicht verhört? Vielleicht hat er etwas mit der Sache zu tun.“

„Schon möglich." Er blieb stehen und wandte sich Kommissar Stürmer zu. „Ich kenne ihn gut. Er könnte uns sehr nützlich sein, Sie werden sehen."

„Was heißt das?", wollte Kommissar Stürmer wissen.

„Wir werden ihn in unsere Ermittlungen miteinbeziehen." Dann lief er weiter.

Mit Nachdruck bemerkte Kommissar Stürmer: „Entschuldigen Sie bitte, aber das ist nicht erlaubt. Er ist kein offizieller Mitarbeiter der Polizeibehörde und somit nicht befugt …"

„Kümmern Sie sich bitte um die Angehörigen!", unterbrach ihn Hauptkommissar Frank. „Alles Weitere entscheide ich! Vielen Dank."

Damit ließ er ihn stehen und stieg in eines der Autos ein.

Martin, Marlies und die anderen saßen unterdessen noch zusammen im Treppenhaus. Sichtlich getroffen und verunsichert standen Anna und Matthias auf, um in ihre eigene Wohnung zu gehen. Sie hakten Elsa ein, die verweinte Augen hatte und nahmen sie mit. Marlies und Martin blieben alleine zurück. Gerade als sich Martin verabschieden wollte, bat ihn Marlies: „Bitte, geh nicht! Ich möchte nicht alleine zurückbleiben. Ich kann jetzt noch nicht alleine sein!"

„Aber ich muss bald wieder nach Hause gehen. Ich bin schon zu lange hier. Ich werde erwartet."

„Nur einen kleinen Augenblick, bitte. Komm mit auf eine Tasse Tee, bei mir oben in der Wohnung, ja?"

Martin konnte ihre Bitte nicht abschlagen. Sie gingen hinauf ins erste Stockwerk. Marlies schloss die Tür auf und setzte sogleich in der Küche Teewasser auf. Er nahm unterdessen auf der kleinen Couch im Wohnzimmer Platz.

„Diese Polizisten", hörte Martin aus der Küche, „sind ganz abscheulich! Wie sie einen anschauen und in jedem gleich einen potentiellen Mörder sehen! Sie sagen nichts, aber dennoch kann man es deutlich spüren, was sie denken. Besonders der junge Kommissar hatte einen höchst beunruhigenden, kritischen Blick. Er hielt sich im Hintergrund, aber ich wette, er ist ein knallharter Hund!"

Martin konnte sich ein Schmunzeln nicht verkneifen. Er kannte Hauptkommissar Frank gut und er wusste, dass dieser seine Arbeit sehr besonnen und mit wachem Geist verrichtete.

„Der Ältere war eigentlich ganz nett!", Marlies Stimme klang nun versöhnlicher. „Er hatte eine ruhige, fast schon einschläfernde Art. Ich hatte keine Angst vor ihm."

„Du musst überhaupt keine Angst haben", befand Martin. „Sie machen nur ihre Arbeit und heute ist etwas Schreckliches geschehen. Das muss aufgeklärt werden."

Marlies trat mit der Kanne Tee und zwei Tassen auf einem kleinen Tablett ins Wohnzimmer. „Ja, du hast Recht. Ich kann es noch gar nicht glauben, dass es Wirklichkeit ist. Was soll nun mit uns allen geschehen?"

„Das wird die Zeit zeigen. Vielleicht könnt ihr alle hier wohnen bleiben. Kommt darauf an, wer das Haus erben wird."

„Das kann ich dir leider nicht sagen. Über Leonardos private Angelegenheiten weiß ich nichts."

Sie schenkte ihm eine Tasse Tee ein. Beide saßen einen Moment stumm auf der Couch. Ungewöhnlich, befand Martin, dass Marlies einmal nicht redete. Sonst plapperte sie unaufhörlich. In der Stille fing plötzlich etwas zu vibrieren an. Marlies stieß einen kurzen, hellen Schrei aus. Beide schauten sich um und fingen an, die Quelle des Vibrierens zu suchen. Martin griff in eine Spalte zwischen den Polstern der Couch. Dort lag ein Smartphone eingeklemmt. Es rief gerade jemand an, doch der Klingelton war ausgeschaltet. Nur das Vibrieren war zu hören. Er zeigte es Marlies.

„Oh, Gott, oh Gott! Es ist Jürgens Handy", flüsterte Marlies erschrocken. Er hatte es verloren! Es muss ihm aus er Hosentasche gerutscht sein."

„Verloren?"

„Schau, am Freitagabend war er hier. Wir alle waren hier und unterhielten uns. Es war ein geselliger, netter Abend. Wir treffen uns des Öfteren gemeinsam, mal hier, mal dort. Nun, dieses Mal eben trafen wir uns bei mir. Und an diesem Abend muss er es verloren haben. Niemand hatte etwas bemerkt. Dann, am Samstagmorgen, kurz vor dem Ritual, machte er einen besorgten Eindruck. Er fragte uns, ob wir sein Handy gesehen hätten. Er hätte es verloren. Da niemand etwas gesehen hatte, konnte ihm auch niemand helfen. Dann kam kurz darauf Leonardo und es ging los. Und da es auf stumm geschaltet war, ist es mir natürlich bisher auch nicht aufgefallen."

„Ich verstehe. Er machte einen besorgten Eindruck, sagtest du?"

„Ja, er war ganz aufgeregt. Wenn ich es mir richtig überlege, dann war er auch schon am Freitagabend durcheinander gewesen. Ja, er machte einen abwesenden und nervösen Eindruck."

Martin starrte auf das Handy. Das Klingeln hatte aufgehört. Er überlegte einen Moment. Dann aktivierte er das Display. Normalerweise musste man bei Smartphones eine PIN eingeben, doch er hatte Glück, dieses war nicht gesichert.

„Was machst du da?", fragte Marlies entrüstet.

Doch Martin ließ sich nicht abhalten. Er wollte wissen, wer eben angerufen hatte. Er drückte auf das Symbol `Anrufliste´ und konnte sogleich den Namen lesen: `Bernd Sutzler´.

Marlies bemerkte, dass Jürgen mit Nachnamen auch Sutzler hieß.

„Vielleicht sein Bruder", sagte Martin. Man müsste ihn von Jürgens Tod informieren, dachte er. Dann sah er, dass Jürgen auch `WhatsApp´ installiert hatte. Neugierig öffnete er die App. Die letzte Nachricht bekam Jürgen ebenso von Bernd Sutzler am Freitag um 17:03 Uhr. Er stockte kurz, dann las er laut vor: „Du verdorbenes Schwein! Wir haben die Tagebücher von Laura gefunden. Wir hoffen, dass du deines Lebens nicht mehr froh wirst! Du wirst dafür bezahlen!"

Marlies blickte entsetzt auf. Was hatte die Nachricht zu bedeuten? Martin las die Nachricht noch ein zweites Mal laut vor. Dann schloss er die App und legte das Handy auf den Tisch.

7

Martin beschloss, das Handy von Jürgen bei sich zu behalten und Hauptkommissar Frank persönlich zu übergeben. Dann verabschiedete er sich endgültig für diesen Tag. Marlies verließ mit ihm die Wohnung, lief ein Stockwerk nach oben und suchte Gesellschaft bei Anna und Matthias. Elsa war auch bei ihnen. Als Martin am Meditationsraum vorbeikam, sah er, dass die Beamten der Spurensicherung noch nicht fertig waren. Die Leichname wurden offensichtlich schon von der Pathologie abgeholt. Martin verließ das Haus und machte sich auf den Weg nach Bruchsal.

Etwa zwei Stunden später öffnete sich die Abschlusstür. Jasmine trat ins Treppenhaus ein. Sie stieg die Stufen hinauf. Als sie die vielen Polizisten im Meditationsraum sah, war sie etwas irritiert. Was sollte das bedeuten? Sie traute sich nicht danach zu fragen, sondern entschied, bei den anderen zu klingeln und sich zu erkundigen. Wenig später öffnete Matthias die Wohnungstür. Als er Jasmine sah, nahm er sie in den Arm. Jasmine verstand nicht recht, was dies zu bedeuten hatte. „Arme Jasmine", sagte Matthias mit warmer Stimme, „Wir müssen dir etwas Trauriges mitteilen."

Mit großen Augen schaute Jasmine in die Runde. Alle machten betroffene Gesichter. „Was ist geschehen?"

Anna nahm ihre Hand: „Sie sind von uns gegangen und übergetreten in das ewige Licht."

„Wer ist ins Licht getreten?", fragte Jasmine ungläubig.

„Leonardo, Helga und Jürgen. Sie sind nicht mehr unter uns."

„Was sagt ihr? Leonardo ist nicht mehr unter uns? Aber das kann doch nicht wahr sein? Wollt ihr mir wirklich sagen, dass er …. tot ist?"

Alle nickten traurig. Sie starrte vor sich hin. Wie eingefroren stand sie da.

„Wir sind für dich da", flüsterte Matthias.

Dann, plötzlich, schaute sie auf und fragte mit klarem Blick: „Sind deswegen die ganzen Polizisten in unserem Haus?" Die anderen nickten und senkten den Blick. Auch Jasmine nickte. Vollkommen gefasst fragte sie weiter: „Aber wie ist das passiert?"

„Wir wissen nicht genau, wie es geschehen ist. Vielleicht wurden sie vergiftet."

„Oh, Gott! Und warum hat man mir nicht Bescheid gesagt? Ein Anruf, eine Nachricht, irgendwas?"

„Wir dachten, es ist pietätlos, eine solche Nachricht telefonisch zu überbringen. Wir wollten es persönlich tun", sagte Anna.

Jasmine konnte es nicht glauben. Leonardo, ihr geliebter Leonardo, sollte nicht mehr am Leben sein? Wir konnte er sie zurücklassen? Sie konnte es nicht fassen.

Dann klingelte es an der Tür. Matthias öffnete und Hauptkommissar Frank stand mit seinem Kollegen Stürmer vor der Tür. „Unsere Kollegen haben gesagt, dass Frau Jasmine Handschel zurückgekehrt ist?"

Jasmine trat hervor: „Das ist richtig. Ich bin Jasmine Handschel."

„Unser herzliches Beileid." Hauptkommissar Frank nickte betroffen. „Wir möchten Sie nur ungern stören. Wenn Sie uns aber dennoch ein paar Fragen beantworten könnten, würden Sie uns sehr behilflich sein."

„Natürlich", sie schluckte. „Ich werde Ihnen sagen, was ich weiß."

Sie beschlossen, in ihre Wohnung zu gehen, da sie dort mehr Ruhe hätten. Jasmine ging wie in Trance mit dem Koffer voran. Die Wohnung war am Vormittag von den Polizeibeamten durchsucht worden. Um sich Zutritt zu verschaffen, wurde die Tür aufgebrochen. Anschließend wurde von der Polizei ein Aufkleber darauf geklebt und die Tür mit Absperrband markiert. Hauptkommissar Frank löste nun den Aufkleber und drückte die Tür auf. Die Wohnung sah unordentlich aus. Die Schränke waren geöffnet worden und alles, was vorher an seinem Platz gestanden hatte, lag unaufgeräumt herum. „Oje“, hörte man Jasmine sagen. „Das ist ja schrecklich.“ Sie stellte den Koffer ab und führte die beiden Beamten ins Wohnzimmer. Dort sollten sie sich auf die Couch setzen. „Ich weiß gar nicht, womit anfangen“, stammelte sie. „Darf ich denn die Dinge hier in der Wohnung anfassen und aufräumen?“

„Unsere Kollegen sind fertig mit der Untersuchung. Sie können frei über Ihre Dinge verfügen.“

Jasmine blickte den Hauptkommissar ungläubig an.

Dieser begann seine Befragung: „Frau Handschel, wann genau sind Sie am Freitagabend nach Paris gefahren?“

„Um 19:08 Uhr fuhr mein Zug. Ich bin mit dem TGV direkt von Karlsruhe nach Paris gefahren.“

„Wo haben Sie in Paris übernachtet?“

„Im Hotel `La Fleure´ im Arrondissement de Panthéon. Sie können dort anrufen und sich vergewissern, dass ich da war.“

Hauptkommissar Frank lächelte. „Vielen Dank, das werden wir tun. Hatten Sie während ihres Aufenthaltes in Paris Kontakt zu den Bewohnern dieses Hauses?"

Jasmine schüttelte den Kopf: „Nein, ich bekam keinen Anruf und meldete mich auch nicht selbst. Leonardo war mit den anderen im Meditationsraum, das wusste ich und warum sollten wir telefonieren?"

„Ich verstehe. Wie kommt es, dass Herr Reesiger nicht auch Sie zum Erleuchtungsritual eingeladen hat? Ich meine, Sie sind seine Verlobte und er liebte Sie."

„Ja, das ist richtig. Aber sehen Sie. Ich bin erst seit vier Monaten in der Gemeinschaft. Ich war noch nicht erleuchtet genug. Ich war noch nicht dran. Es wäre mir eine Ehre gewesen, das können Sie mir glauben, aber ich durfte nicht teilnehmen."

„Warum ist er nicht mit nach Paris gefahren? Man hätte Ihre Fahrt oder das Ritual verschieben können?"

„Das stimmt. Aber Leonardo bestand darauf, dass ich alleine fahre. Er wollte die anderen auch nicht länger hinhalten. Er hatte Vertrauen in mich und die anderen in ihn."

Nach einer kurzen Pause fragte Hauptkommissar Frank: „Glauben Sie, dass sich Leonardo und die beiden anderen selbst das Leben genommen haben? Motiviert durch den Glauben an die Ewigkeit im Licht?"

Jasmine überlegte lange. Langsam aber bestimmt sagte sie: „Nein, ich glaube es nicht. Leonardo hat mir gegenüber nichts angedeutet. Er wollte mit mir vereint und nicht von mir getrennt sein. Er hätte sich nicht selbst das Leben genommen. Nicht jetzt. Was Helga und Jürgen betrifft, so kann ich nichts dazu sagen. Aber ich traue es den beiden nicht zu."

„Was vermuten Sie dann?"

„Ich weiß es nicht. Ich weiß überhaupt nichts, außer, dass sie es nicht selbst waren."

Hauptkommissar Frank schaute Jasmine lange an. Dann bedankte er sich für das offene Gespräch. Als sie die Wohnung verließen und die Tür schlossen, hörten sie von außen, wie Jasmine anfing zu weinen und mehrmals den Namen `Leonardo´ ausstieß. Es hatte gedauert, bis sie begriffen hatte, dass ihr Verlobter gestorben war.

Die beiden Kommissare machten sich auf den Weg ins Polizeipräsidium. Während der Fahrt wurde wenig gesprochen. Voller Erwartung erhofften sie die Ergebnisse aus der Spurensicherung und die erste Einschätzung durch den Pathologen zu erhalten. Als Hauptkommissar Frank und Kommissar Stürmer ihr Büro betraten, hatten sie eine Mitteilung auf ihrem

Tisch. Diese war von der Spurensicherung. Die Polizeibeamten baten um Rückruf. „Hauptkommissar Frank hier. Ich rufe wegen des Mordfalls heute in Daxlanden an. Ja bitte, ich warte." Etwa drei Minuten später berichtete ein Beamter Hauptkommissar Frank von den Spuren im Meditationsraum. Dort deutete nichts auf ein gewaltsames Eindringen hin. Weder die Tür, noch die Fenster seien manipuliert worden. Einen Kampf konnte man ebenso ausschließen. Dies deckte sich mit der ersten Einschätzung der Pathologie, die der Hauptkommissar danach anrief. Diese berichtete ihm, dass keine Wundmale auf den Körpern zu erkennen waren, die auf eine äußere Gewalteinwirkung hindeuteten. Alles musste vollkommen ruhig abgelaufen sein. Der Tod wurde durch das Gift des ʹGefleckten Schierlingsʹ herbeigeführt. Dieses wirke vor allem auf das Nervensystem, das über Brechreiz, Sehstörung, Verlust des Sprech- und Schluckvermögens schließlich das Atemzentrum und damit den Atem lähme, bis bei völligem Bewusstsein der Tod eintrat. Das Gift wurde mit dem Tee eingenommen. Im Pulver fand man kleingeraspelte Pflanzenstücke des ʹGefleckten Schierlingsʹ. Hauptkommissar Frank bedankte sich und legte auf. Nachdem er Kommissar Stürmer davon berichtet hatte, meinte dieser entsetzt: „Das muss ein schrecklicher Tod gewesen sein!"

„In der Tat. Und sie konnten sich nicht bemerkbar machen, denn der Raum war schallisoliert. Sie mussten abwarten und sterben."

„Wie giftig ist denn so ein `Gefleckter Schierling´?"

„Hochgiftig. Schauen Sie!" Hauptkommissar Frank zeigte eine Seite, die er gleich im Internet aufgerufen hatte: „Eine Dosis von etwa 0,5 bis 1 g sind für einen Erwachsenen tödlich. Im Altertum wurden gerne Verurteilte durch einen vergifteten Trunk hingerichtet. So auch Sokrates. Man spricht in diesem Zusammenhang vom `Schierlingsbecher´."

Er las weiter: „Der `Gefleckte Schierling´ kommt auch bei uns in Europa vor. Gerne wächst er auf Schuttplätzen, Ackerrainen oder Brachen. Auch an Straßenrändern ist er zu finden. Er bevorzugt Lehmböden. Alle Teile der Pflanze sind hochgiftig."

„Und es war im Tee." Kommissar Stürmer überlegte. „Entweder, sie haben sich selbst den Trunk aufgekocht oder jemand Fremdes, den wir bis jetzt noch nicht kennen!"

„Elsa Rotbein hat den Tee zubereitet."

„Richtig, wir sollten nochmals mit ihr sprechen."

Martin steckte den Schlüssel ins Schloss. Er musste ihn nicht ganz umdrehen, um die Tür zu öffnen. Diese schnappte sofort auf. Veronika schien bereits zu Hause zu sein. Schnell legte er sich im Kopf eine Geschichte zurecht, die er ihr erzählen wollte, um sein frühes Nachhausekommen zu erklären. Als er ins Wohnzimmer trat, saß Veronika mit ernstem Blick auf der Couch. Sie hatte zwei Gläser und eine Flasche Wasser gerichtet. „Setz dich", sagte sie, „wir müssen miteinander reden."

Martin schluckte. War jetzt der Moment gekommen, an dem sie ihn verlassen würde? Würde sie ihm ihre Liebe zu Olaf Krutschin gestehen?

„Ja", sagte Martin leise. Dann nahm er Platz. Er blickte Veronika traurig an. Würden sie je wieder unbeschwert miteinander reden oder gar miteinander lachen können? Ihre Augen waren matt. Gedankenvoll blickte sie ihn an. Es war vollkommen still. Niemand sagte ein Wort.

„Du warst in der Ausstellung", begann Veronika.

„Ja", antwortete Martin.

„Wie hast du es herausgefunden?"

„Ich habe euch zusammen gesehen." Martin konnte nicht mehr weitersprechen. Er hatte das Gefühl, als hätte er einen dicken Kloß im Hals. Veronika sagte nichts. Sie wartete ab, bis sich Martin gefangen hatte und weitersprach. Er erzählte ihr die ganze Geschichte. Von dem Verlust der Arbeit und dem Frühstück in der Fußgängerzone, als er die beiden durch Zufall zusammen gesehen hatte. Unsicher berichtete er auch, dass er ihnen gefolgt sei. Er entschuldigte sich dafür.

Veronika schloss die Augen.

„Wann hättest du es mir gesagt?", fragte er.

„Ich weiß es nicht", flüsterte sie. „Vielleicht nie."

Wieder war es still. Martin wurde sehr traurig. So gerne hätte er mit ihr über alles ausführlich gesprochen, hätte sich ihr mitgeteilt. Doch er konnte es nicht. Es war so, als wenn da eine Sperre wäre. Die Worte wollten nicht herauskommen. Jedes Wort, das gesprochen wurde war anstrengend. Ungewöhnlich fremd waren sich beide. Zwei Fremde, die sich einmal liebten und nun hatten sie sich nichts mehr zu sagen.

„Liebst du ihn?", wagte Martin zu fragen. Er hatte Angst vor der Antwort.

Sie atmete tief ein und hauchte: „Ja."

Martin lief eine Träne die Wange hinunter. Veronika sah es. Sie schaute ihn mitleidig an: „Martin, es tut mir sehr leid."

Dann stand sie auf. „Wohin gehst du?", wollte Martin wissen. Sie drehte sich um, schaute ihm in die Augen und Martin wusste sofort, wohin.

„Bitte bleib bei mir!", bat Martin. Doch sie antwortete nur: „Ich kann nicht. Es tut mir leid." Dann drehte sie sich um und verschwand. Martin blieb alleine zurück. Er ließ sich auf die Couch zurückfallen, vergrub sein Gesicht in seine Hände und fing bitterlich an zu weinen.

8

Elsa hatte einen rosafarbenen Morgenmantel an. Sie stand noch müde in der Küche und wusste nicht recht, was sie mit sich anfangen sollte. Aus dem Frühstück machte sie sich nichts. Sie konnte generell keinen Genuss daran finden, sich selbst etwas Leckeres zuzubereiten. So machte sie sich, wie jeden Morgen nach dem Aufstehen, eine Tasse Pulverkaffee und holte zwei Scheiben Weißbrot aus einem Tonbehälter. Sie war es gewohnt, die eine mit Käse, die andere mit Marmelade zu essen. Routiniert saß sie da und schmierte sich die Brote. Dabei dachte sie an die Toten und an deren starre Gesichter. Wie endgültig der Tod hier auf Erden scheint. Und welches Glück sie haben würden, die Auserwählten zu sein und ewig weiterleben zu dürfen.

Es war sehr unfair von Leonardo und den anderen gewesen, alleine zu gehen, dachte sie. Sie wäre so gerne mitgegangen ins Licht der Ewigkeit. Schön musste es dort sein. Und dort würde es keine Ungerechtigkeiten geben und keine emotionale Leere. Ihre Gedanken schweiften ab. Sie ließ ihr Leben Revue passieren. Kurze, prägnante Bilder kamen ihr in den Sinn: Zum ersten Mal Fahrrad fahren, ohne dass Papa half; die Puppe zum Geburtstag, die sie sich schon lange gewünscht hatte; ihr 18. Geburtstag, den ihre Eltern ausgerichtet hatten. Der letzte in ihrem Elternhaus. Alles waren schöne, warme Erinnerungen, die langsam schon verblassten. Komisch, dass sie sich daran erinnerte? Dann kam ihr Pascal in den Sinn. Ihr Pascal, den sie so sehr geliebt und der sie so tief verletzt hatte. Es war ihr erster und gleichzeitig ihr letzter Freund. Sie war so einsam in diesem Moment. „Ach Leonardo", flüsterte sie, „wieso hast du nicht an mich gedacht?"

Dann wurde sie aus ihren Gedanken gerissen. Es klingelte. Elsa stand wie benommen vom Frühstückstisch auf und öffnete die Tür. Als sie die beiden Kommissare sah, weiteten sich ihre Augen. Was hatten sie bei ihr zu suchen, um diese Zeit?

„Dürfen wir hereinkommen?", fragte Hauptkommissar Frank.

Elsa nickte pflichtbewusst und bat beide, hereinzukommen. Die Wohnung war ebenso kärglich und zweckmäßig eingerichtet wie die von Leonardo. Es standen keine persönlichen Gegenstände herum und es gab keine Bilder an der Wand. Kommissar Frank wunderte sich darüber. Sie wohnte doch nun schon über ein Jahr hier. Normalerweise würde man sich es doch gemütlich einrichten. War es den Mitgliedern der Glaubensgemeinschaft nicht erlaubt, persönliche Dinge zu besitzen? Dann begann er das Gespräch: „Frau Rotbein, wir hatten zwar schon einmal miteinander gesprochen und Sie haben uns bereits ausführlich vom Wochenende und dem Ritual berichtet. Doch möchte ich Sie nochmals fragen, ob Sie uns schildern können, was genau seit Freitagabend geschah. Vielleicht ist Ihnen in der Zwischenzeit etwas eingefallen. Also bitte, schildern Sie uns Ihre Eindrücke."

„Nun", Elsa überlegte, „am Freitagabend habe ich den Meditationsraum aufgeräumt und für das Erleuchtungsritual vorbereitet. Ich habe die CDs für die musikalische Unterstützung herausgesucht und neben die Anlage gelegt. Außerdem habe ich den Boden gewischt und die Toilette geputzt. Weitere Aufgaben hatte ich keine."

„Den Tee hatten Sie nicht vorbereitet?"

„Nein, ich habe die Dose mit dem Tee neben den Wasserkocher gestellt. Anschließend habe ich die große Thermoskanne abgewaschen. Der Tee wurde erst am Samstagmorgen frisch aufgebrüht."

„Ich verstehe. Hat Ihnen jemand am Freitag beim Vorbereiten geholfen?"

„Ja, Jasmine hat die Matten zurechtgerückt und die Kissen aufgeräumt. Anschließend ist sie gegangen. Den Rest habe ich dann alleine gemacht."

„Und danach haben Sie den Raum wieder verlassen und abgeschlossen?"

„Nein, so war das nicht. Der Raum ist nie abgeschlossen. Marlies hat einen Schlüssel, den wir aber nur benutzen, wenn solch ein Ritual durchgeführt wird und niemand den Raum verlassen darf."

„Dann war der Raum den ganzen Abend offen und jeder hätte hineingehen können, bis zu dem Zeitpunkt, als das Ritual begann?"

„Ja", stockte Elsa, „Das ist richtig. Jeder hätte hineingehen können, jedoch waren wir alle an diesem Abend zusammen. Ich wüsste niemanden, der die Möglichkeit gehabt haben könnte, unbemerkt den Raum zu betreten."

Kommissar Frank überlegte. Dann bedankte er sich bei Elsa und beide Kommissare verließen die Wohnung. Als sie aus dem Haus liefen, sah Kommissar Frank, dass Martin gerade mit dem Auto angefahren kam. Er winkte Martin zu. Dieser parkte den Wagen, stieg aus und kam zu ihnen gelaufen. Bevor Martin da war, flüsterte Kommissar Stürmer Hauptkommissar Frank ins Ohr: „Wir müssen auch ihn befragen! Es könnte gut sein, dass er uns etwas verheimlicht. Schließlich war auch er vor Ort gewesen. Und wieso schleicht er hier herum? Er gehört nicht zu dieser Sekte. Er benimmt sich höchst auffällig."

Hauptkommissar Frank sah Kommissar Stürmer nachdenklich an: „Wir werden sehen. Warten Sie ab."

Dann begrüßte er Martin herzlich. „Hallo Herr Fennberg. Schön Sie zu sehen! Ich bitte Sie, nehmen Sie doch einen Moment Platz." Er zeigte auf die Sitzbank im Garten. „Mein Kollege möchte Ihnen ein paar Fragen stellen." Er schaute zu Kommissar Stürmer hinüber und lächelte. Dieser verstand und begann: „Herr Fennberg. Wie sind Sie zu dieser Glaubensgemeinschaft gekommen?"

Martin berichtete wahrheitsgemäß von allen Umständen, die ihn hierhergeführt hatten. Er erzählte auch von den Ritualen, die er miterleben durfte und erklärte, dass er allem, was hier vor sich ginge, sehr kritisch gegenüberstände. Er verließ das Haus am Freitagabend und kam erst wieder zurück, kurz bevor die Tür zum Meditationsraum geöffnet wurde. Wie es zu dem Tod der drei Menschen gekommen war, wusste er nicht zu erklären. Auf die Tatsache, dass Martin schon öfter in Mordfälle verwickelt war und diese maßgeblich selbst lösen konnte, ging Kommissar Stürmer nicht ein. Stattdessen gab ihm der Kommissar zu verstehen, dass er ein besonderes Auge auf ihn werfen würde. Er bedankte sich bei Martin und gab den Spielball wieder an Hauptkommissar Frank zurück. Dieser lächelte immer noch. „Kommissar Stürmer, bitte rufen Sie im Revier an und fragen Sie, ob die Berichte der Spurensicherung und der Pathologie bereits schriftlich vorliegen. Ich möchte nochmals einen Blick hineinwerfen. Vielen Dank." Dieser drehte sich augenblicklich um und verschwand in Richtung Dienstwagen.

Hauptkommissar Frank wandte sich wieder Martin zu: „Nun sind wir alleine. Also Herr Fennberg, was ist Ihr Eindruck von der ganzen Geschichte?"

„Ich kann es Ihnen noch nicht sagen. Es scheint so, als ob es sich um einen gemeinschaftlichen Selbstmord handelt. Die drei scheinen den Freitod gewählt zu haben. Die Beweggründe sind offensichtlich. Es sei denn …"

„Ja?"

„Es sei denn, dass jemand den Selbstmord nur vortäuschen wollte und es in Wirklichkeit Mord war. Vielleicht sollte jemand gezielt umgebracht werden und wir sollen nur glauben, dass es Selbstmord war."

„Daran habe ich auch schon gedacht."

„Dass jemand aus der Gruppe involviert sein könnte, das halte ich allerdings derzeit für abwegig. Ich kann mir nicht vorstellen, dass einer von ihnen kaltblütig einen Mord verübt haben könnte. Dafür sind alle zu labil, zu weltfremd und nicht berechnend genug. Wissen Sie, was ich meine?"

Hauptkommissar Frank nickte. „Ja, ich kann Ihnen folgen."

„Das führt mich zu einer Entdeckung, die ich Ihnen zeigen möchte."

Martin holte Jürgens Handy aus der Hosentasche. Er erzählte die Geschichte, wie er und Marlies das Handy gefunden hatten. Dann las er Hauptkommissar Frank die WhatsApp-Nachricht vor, die Jürgen von seinem Bruder erhalten hatte. Hauptkommissar Frank nahm das Handy und las nochmal: „Du verdorbenes Schwein! Wir haben die Tagebücher von Laura gefunden. Wir hoffen, dass du deines Lebens nicht mehr froh wirst! Du wirst dafür bezahlen!" Er blickte Martin an. Was hatte diese Nachricht zu bedeuten? Der Bruder hatte Jürgen gedroht. `Er solle seines Lebens nicht mehr froh werden´. Und nun war er tot. Vielleicht sollte Jürgen sterben, meinte Hauptkommissar Frank, und die Umstände sollten vom eigentlichen geplanten Mord ablenken? Martin stimmte dem Gedankengang von Hauptkommissar Frank zu. Es blieb nur herauszufinden, wer diese Laura war und was in den Tagebüchern stand. Womöglich hatte Jürgen Laura Schaden zugefügt. Hauptkommissar Frank wollte sich umgehend um die Nachricht und um Jürgens Bruder kümmern. Er bedankte sich bei Martin für die Informationen und sagte, dass es ihm eine Ehre sei, mit ihm zusammen zu ermitteln. Kommissar Stürmer kam unterdessen zurück. „Herr Frank, die Berichte liegen vor. Sollen wir gleich ins Revier fahren?"

„Ich bitte darum. Schnell, wir haben einiges zu tun!" Er reichte Martin zum Abschied die Hand.

Kommissar Stürmer blickte misstrauisch auf Martin, als er sah, wie sich Martin und Hauptkommissar Frank freundschaftlich verabschiedeten. Martin bemerkte dies und nickte ihm freundlich zu, was Kommissar Stürmer nur noch mehr beunruhigte. Nachdem Martin alleine zurückblieb, setzte er sich in den Garten auf eine Bank und blickte in den Himmel.

Hauptkommissar Frank und Kommissar Stürmer bogen in eine am Stadtrand gelegene Straße namens `Juliansblick´ ein. Diese befand sich in unmittelbarer Nähe zum Leimbach. „Wiesloch ist gar nicht so übel", befand Kommissar Stürmer. „Nette Häuser und schöne Natur. Und es liegt gut angebunden an der Autobahn. Gehört es noch zum Einzugsgebiet Heidelberg?"

„Ja, ich denke schon", befand Hauptkommissar Frank.

„Hm. Nicht übel."

Dachte Kommissar Stürmer über eine Versetzung nach? Das würde er sehr begrüßen, dachte Hauptkommissar Frank. Er hatte nichts gegen den jungen Kollegen, doch er war sehr, fast schon überengagiert und besserwisserisch. Das mochte er nicht leiden. Manchmal musste man auch etwas tun, was nicht in den Paragrafenbüchern der Polizei stand. Er hatte beispielsweise Martins Talent erkannt und obwohl dieser kein Polizeibeamter war, tauschte er sich mit ihm aus. Dies war natürlich nicht erlaubt, doch es war menschlich und führte ans Ziel! Kommissar Stürmer musste noch sehr viel lernen, was Menschlichkeit und Berufsethos anbetraf.

Sie parkten den Wagen vor einem Einfamilienhaus. Nachdem sie die Klingel gedrückt hatten, öffnete eine Frau. „Ja bitte, was kann ich für Sie tun?"

„Sind Sie Frau Sutzler?"

Die Frau bestätigte. Nachdem sich die beiden Kommissare vorgestellt hatten, bat sie die Beamten herein. Sie erklärte, dass ihr Mann Bernd nicht da wäre. Er hätte zwar Urlaub, doch wäre er noch nach Heidelberg gefahren, um Einkäufe zu erledigen. Gegen 15 Uhr wolle er wieder zu Hause sein.

„Frau Sutzler, Sie wurden über den tragischen Tod Ihres Schwagers informiert?"

„Ja, wir wissen es. Die Polizei war da. Es ist ja furchtbar! Dass er sich etwas antun würde, hätte niemand gedacht. Aber er war ja schon immer ein sehr zurückgezogener, kauziger Mensch, das muss man sagen!"

„Inwiefern?"

„Nun, ja. Er war geschieden, hatte keine Kinder und lebte mit eigenartigen Menschen in einem Haus zusammen. Einmal waren wir dort, aber es hat uns nicht gefallen. Aber jeder ist seines Glückes Schmied."

„Sie hatten also kein gutes Verhältnis zu ihm?"

„Ich würde sagen, wir hatten kein besonderes Verhältnis zueinander. Wir sahen uns an Geburtstagen und Familienfesten. Sonst nicht."

„Ich verstehe." Hauptkommissar Frank hielt einen Moment inne. Unmittelbar fragte er: „Sagt Ihnen der Name `Laura´ etwas?"

„Laura? Ja, in welchem Zusammenhang denn?" Ihre Stirn legte sich in Falten. Angestrengt dachte sie nach. Sie erinnerte sich an eine Laura im Kirchenchor. Doch im Kirchenchor sangen sie schon seit Jahren nicht mehr. Ebenso gab es eine Laura aus dem Besuchskreis. Mit ihr gemeinsam besuchten sie Kranke in einem Krankenhaus in Heidelberg.

„Es muss eine eher engere Beziehung gewesen sein. In der Vergangenheit", unterbrach Hauptkommissar Frank ihre Gedanken.

„Ja?" Dann blickten ihre Augen in die Ferne. Sie schien sich an etwas zu erinnern. Sie wurde ernst und sprach mit gedämpfter Stimme: „Ich glaube ich weiß nun, von wem Sie sprechen. Mein Mann hat einen Cousin. Dessen Tochter hieß Laura."

„Hieß?", wiederholte Hauptkommissar Frank.

„Ja, sie ist tot. Sie … nahm sich das Leben. Es war für uns alle ein Schock gewesen. Sie war ein sehr sensibles Mädchen, müssen Sie wissen. Sehr sensibel. Und sie war sehr reif für ihr Alter. Sie war gerade 12 Jahre alt geworden, als sie … ich kann es kaum aussprechen ... als sie sich vor einen fahrenden Zug warf! Man konnte nur noch ihre Überreste auffinden. Mich überkommt immer ein Schauer, wenn ich daran denke. Ihr Vater, also der Cousin meines Mannes, und seine Frau haben es bis heute nicht verkraftet. Es ist nun schon über 20 Jahre her. Stellen Sie sich vor, sie haben Lauras Kinderzimmer jahrelang nicht verändert. Bis vor Kurzem war es immer noch im gleichen Zustand wie damals. Sie haben nichts angerührt. Dann ist Gudrun nach kurzer Krankheit an Krebs verstorben. Das ist vor fünf Wochen gewesen. Gudrun war die Mutter von Laura. Ihr Vater, Heiko, beschloss nach dem Tod der Mutter, dem Schrecken ein Ende zu bereiten und das Kinderzimmer auszuräumen. Vielleicht kommt er nun darüber hinweg. Armer Heiko!" Nach einer Pause fügte sie hinzu. „Das ist die traurige Geschichte von Laura. Ich nehme an, Sie meinen diese Laura. Aber was hat denn diese Geschichte mit dem Tod von Jürgen zu tun?"

„Das können wir Ihnen noch nicht sagen. Hatte Laura Tagebücher geschrieben?"

„Tagebücher? Nicht dass ich wüsste."

„Ihr Mann hat niemals welche erwähnt?"

Frau Sutzler schüttelte den Kopf. Von Tagebüchern wusste sie nichts. Hauptkommissar Frank wollte von Frau Sutzler nun genau wissen, was ihr Mann und sie am

Wochenende, während die Morde geschahen, gemacht hatten.

„Am Freitagabend waren wir bei unseren Nachbarn eingeladen. Samstagmorgen ist Bernd nach Walldorf einkaufen gefahren und ich war beim Frisör. Anschließend haben wir zusammen gegessen. Am Nachmittag haben wir nichts Besonderes gemacht. Wir saßen im Garten und spielten Karten. Abends schauten wir fern. Sonntag waren wir in der Kirche. Anschließend waren wir zum Kaffee bei Freunden eingeladen. Abends gab es den `Tatort´ im Fernsehen.“

Hauptkommissar Frank bedankte sich für die genaue Schilderung des Wochenendes.

Dann standen die beiden Kommissare auf mit der Bitte, dass sich Bernd Sutzler umgehend bei ihnen melden solle, wenn er nach Hause käme. Sie nahm eine Visitenkarte entgegen. Nach einer kurzen Verabschiedung verließen die Kommissare das Haus.

Unterdessen saß Martin vor dem Haus auf der Bank und dachte an Veronika. Er hatte ihr nichts von den Morden erzählt. In den letzten Jahren war Veronika immer eine Ansprechpartnerin gewesen, eine hilfreiche Stichwortgeberin. Immer, wenn er auf einer falschen Spur war, lenkte sie ihn, ohne es zu ahnen, auf die richtige Fährte. Sie waren ein gutes Team gewesen. Hand in Hand meisterten sie die schwierigsten Aufgaben. Nun musste er ohne sie nachdenken. Er seufzte und holte tief Luft. Ohne sein gewohntes Gegenüber fand es Martin sehr schwierig, den richtigen Weg zu finden. In der Angelegenheit `Leonardo und Co´ sah er nicht, wohin der Weg führen sollte. Es machte alles keinen richtigen Sinn.

Dann hörte er, wie langsam ein Auto vorfuhr und in einem angemessenen Abstand vor dem Haus zum Stehen kam. Ein Mann um die 60 Jahre stieg aus und blickte auf das Anwesen. Er hatte ausgedünnte, weiße Haare und sein Gesicht war markant mit einem energischen Kinn und einer großen Nase. Seine kleinen, engstehenden Augen erblickten Martin. Langsam ging er auf ihn zu. Als er bei Martin angelangt war, nickte er ihm zu: „Guten Tag, ich komme wegen meinem Bruder. Bernd Sutzler ist mein Name.“

Martin dachte einen Moment nach, um ihn richtig einzuordnen, dann stand er auf und reichte ihm die Hand: „Guten Tag Herr Sutzler. Ich bin Martin Fennberg, ein Freund des Hauses. Es tut mir aufrichtig leid, dass Ihr Bruder Jürgen verstorben ist.“

„Vielen Dank. Ja, es hat uns alle getroffen. Jürgen war ein so liebenswerter Mensch. Es kam für uns vollkommen unerwartet. Er war so voller Leben. Wir mochten ihn sehr gerne."

„Ich kannte ihn leider nur kurz."

Eine peinliche Pause entstand. Martin bot Bernd Sutzler einen Platz an, doch dieser lehnte ab und meinte: „Nein, danke! Ich möchte nicht stören. Sie haben sicher alle Hände voll zu tun. Ich wollte nur fragen, ob es persönliche … ich meine, offizielle Dinge gibt, die er zurückgelassen hat, die ich mitnehmen und sichten kann. Nach einem Tod muss man sich um allerlei kümmern. Verträge und Versicherungen müssen gekündigt werden. Gibt es ein Testament oder eine Lebensversicherung? All diese Dinge müssen wir jetzt abklären. Da er keine Frau und keine Kinder hat, ist es unsere Aufgabe."

„Nun ja, ich glaube, die Polizei hat alle Zimmer durchsucht. Ob Sie seine persönlichen Akten und dergleichen mitnehmen dürfen, das müssen Sie allerdings Herrn Hauptkommissar Frank fragen. Das kann ich nicht entscheiden. Aber ob die Beamten heute noch einmal hierherkommen werden, das kann ich Ihnen nicht sagen."

Bernd Sutzler machte einen zustimmenden Laut. Dann sagte er: „Ich verstehe." Wieder entstand eine Pause. Bernd Sutzler dachte angestrengt nach. „Wissen Sie, ob es einen Kalender oder ein Adressbuch gibt? Oder vielleicht ein Handy? Wir müssen natürlich auch alle seine Freunde und Bekannte von seinem Tod informieren."

Martin horchte auf. Er fragte nach dem Handy. Vielleicht wollte er es an sich nehmen, bevor jemand die belastende WhatsApp-Nachricht gelesen hatte? Martin fand es sehr irritierend, wie scharf und hasserfüllt Bernds Nachricht an Jürgen formuliert war und wie umsichtig und freundlich er nun vor ihm stand. Das passte irgendwie nicht zusammen. Vielleicht zeigte er ihm nicht seine wahren Gefühle, sondern spielte ihm etwas vor. Aber warum sollte er dies tun? Kurzentschlossen sagte Martin: „Jürgen hatte sein Handy Freitagabend verloren und eine Freundin und ich haben es am Sonntag gefunden und an uns genommen."

Bernds Augen blitzten auf. Interessiert hakte er nach: „Sie haben es? Ausgezeichnet! Und könnte ich es denn haben? Dort finden wir wahrscheinlich die meisten seiner Kontaktdaten. Das würde uns die Suche erleichtern, verstehen Sie? Wir könnten eine Liste erstellen und alle anschreiben."

Martin sprach mit Nachdruck: „Wir haben es an die Polizei weitergegeben. Sie müssen sich das Handy dort abholen."

Verzweiflung stieg in Bernd Sutzler empor. Martin konnte erkennen, wie er fieberhaft nachdachte. Gerade, als er ansetzte etwas zu fragen, fiel ihm Martin ins Wort: „Sie haben Bedenken wegen der Nachricht, die Sie am Freitag um 17:03 Uhr an Jürgen geschrieben haben, nicht wahr?"

Bernd schaute ihn entsetzt an. „Woher wissen Sie von der Nachricht?"

„Sein Handy ist nicht gesichert."

„Oh Gott", hauchte Bernd. „Und Sie haben sie gelesen. Weiß die Polizei davon?"

„Ich fürchte ja."

Bernds Stirn legte sich in Falten. Dann sprach er anders von Jürgen als zuvor: „Dieser abscheuliche Mensch. Ein Schwein ist das. Ich schäme mich für ihn. Er hat den Tod verdient!"

Martin zuckte etwas zusammen. Bernd hatte sich zusammengerissen und den traurigen Bruder gemimt. Aber jetzt, da er wusste, dass Martin die Nachricht kannte, zeigte er seine wahren Gefühle.

„Wieso haben Sie so getan, als ob Sie um Jürgen trauern würden?", wollte Martin wissen.

Bernd lachte bitter. „Wenn die Polizei erfährt, was geschehen ist und wenn es Mord war, dann werde ich der Hauptverdächtige Nummer eins sein! Ich hoffte, dass ich das Handy an mich nehmen und die Nachricht löschen könnte."

„Wollen Sie mir nicht erzählen, was mit Laura geschehen ist? Ich würde Sie gerne verstehen."

Bernd ließ sich auf die Bank nieder. Er schüttelte den Kopf. Dann fing er an, von seinem Cousin Heiko zu erzählen. Zusammen mit seiner Frau Gudrun hatte er eine Tochter namens Laura. Sie war laut seiner Aussage ein reiner Engel mit goldenen, langen Haaren und einem offenherzigen Lachen. Sie lebten zusammen in einem kleinen Haus in Walldorf, unmittelbar in der Nähe von Bernds Heimatort Wiesloch. Regelmäßig trafen sich die Familien und feierten ausgelassene Feste. An Sommertagen in Heikos Schrebergarten, im Winter abwechselnd bei den Familien zu Hause. Es war eine schöne und unbelastete Zeit. Doch dann veränderte sich Laura. Sie zog sich zurück und wurde unnahbar. Sie wurde ungewöhnlich ernst für ein Mädchen ihres Alters. Sie schrieb auch Gedichte, die keiner so recht verstand. In der Schule wurden ihre Leistungen zusehends schlechter. Heiko und Gudrun wussten nicht, was sie tun sollten. Sie waren vollkommen hilflos gewesen. Niemand kam mehr an Laura heran. „Es geschah an einem Mittwoch." Bernd hielt einen Augenblick inne. „Da kam sie nicht mehr aus der Schule nach Hause. Ich weiß es noch, als ob es heute wäre. Heiko rief mich an und fragte, ob ich wüsste, wo sie sei. Er hätte alle möglichen Leute bereits angerufen, doch niemand wusste etwas. Sie wollten dann eine Vermisstenanzeige bei der Polizei aufgeben. Dort sagte der Polizeibeamte, dass sie ein Fahrrad gefunden hätten und jemand, wahrscheinlich der Besitzer des Fahrrades, vor einen fahrenden Zug gesprungen sei. Sie identifizierten das Fahrrad als das ihres Kindes. Es war ein Schock für alle gewesen! Laura hatte sich umgebracht und nichts war mehr so wie zuvor. Die Familie zerbrach daran."

Er schaute Martin traurig an. „Sie haben es nicht geschafft, Lauras Kinderzimmer auszuräumen. Sie haben nichts angefasst. Alles blieb fast zwei Jahrzehnte so, wie Laura es damals verlassen hatte. Nun, Gudrun wurde schließlich krank. Sie bekam Bauchspeicheldrüsenkrebs und verstarb nach kurzer, heftiger Krankheit. Nach der Beerdigung seiner Frau bestimmte Heiko, dass sich nun alles ändern sollte. Er wollte die Vergangenheit und den Schmerz hinter sich lassen. Er rief mich an und fragte, ob ich ihm helfen könnte, Lauras Kinderzimmer auszuräumen." Er schluckte, dann sprach er weiter. „Ich half ihm natürlich. Auch wenn es mich Überwindung gekostet hatte. Tief unten in ihrem Kleiderschrank, da fanden wir ihre fünf

Tagebücher. Sie hatten 20 Jahre im Schrank gelegen, ohne dass jemand von ihnen gewusst und sie geöffnet hatte. Sie schrieb darin alles ausführlich auf, was sie erlebt hatte. Darin wurde klar, warum sich Laura so verändert hatte. Mein Bruder Jürgen, der scheinbar liebevolle Onkel, hatte Laura jahrelang sexuell missbraucht! Es fing damit an, als sie zehn Jahre alt war. In den Tagebüchern konnte man alle perversen Schweinereien lesen, die sie über sich ergehen lassen musste. Ich musste mich übergeben, als ich es gelesen hatte. Sie konnte sich niemandem anvertrauen. Jürgen selbst hatte ihr natürlich mit Liebesentzug gedroht und hatte ihr weismachen können, dass sie selbst die Schuldige, die Unreine und die Böse sei. Sie glaubte ihm und suchte bei sich die Schuld für all die schlimmen Handlungen, die langsam ihre Seele zerstörten." Er blickte zu Boden und konnte einen Moment nicht weiterreden. Matin saß ihm fassungslos gegenüber.

„Deswegen werden Sie verstehen: Wenn Jürgen Opfer eines Mordes geworden ist und die Polizei erfährt, was geschehen ist, dann werde ich der erste Verdächtige sein. Ich und mein Cousin Heiko." Bernd schloss seine traurige Rede.

„Wenn Sie nichts verbrochen haben, dann haben Sie auch nichts zu befürchten", sagte Martin. „Hauptkommissar Frank, der den Fall betreut, wird die

Wahrheit ans Licht bringen. Sie müssen sich ihm anvertrauen, dann wird Ihnen nichts geschehen! Wer weiß alles von den Tagebüchern?"

„Nur mein Cousin Heiko und ich. Sonst niemand."

„Gut, dann wenden Sie sich bitte an Hauptkommissar Frank. Ich kann Ihnen seine Nummer geben. Einen Moment bitte." Er holte eine Visitenkarte heraus, die ihm Hauptkommissar Frank einmal gegeben hatte. Bernd Sutzler stand auf und bedankte sich bei Martin. Er bat ihn, über das, was er ihm anvertraut hatte, mit niemandem zu sprechen. Martin gab ihm sein Wort. Dann stieg er in sein Auto und fuhr davon.

Keine zwei Minuten später kam Marlies aus dem Haus. Sie ging geradewegs auf Martin zu. „Hallo Martin, hast du eine Minute Zeit? Ich möchte dich etwas fragen. Also hör zu. Wer war denn dieser Mann? Er kam mir die ganze Zeit schon bekannt vor."

Martin horchte auf. Er blickte Marlies vorwurfsvoll an. Diese verstand sofort und meinte: „Also, nicht, dass du jetzt denkst, dass ich dich beobachte. Aber ich habe zufällig aus dem Fenster gesehen, da kam das Auto angefahren. Ich habe daraufhin die Wäsche ganz vergessen und nun befürchte ich, dass sie heute nicht mehr trocken wird. Es soll schließlich ja auch regnen." Martin seufzte. Dann sprach sie irritiert weiter: „Ja, was wollte ich eigentlich sagen? Ach so, richtig, das Auto. Ja, das Auto, ich habe es schon einmal gesehen. Und zwar am Samstag beim Frühstück vor dem Erleuchtungsritual. Da stand es da. Was sagst du nun?"

„Es stand Samstagmorgen da? Bist du dir ganz sicher?"

Sie nickte bestimmt: „Hundertprozentig, ja. Ich habe ein fabelhaftes Gedächtnis!"

„Dann war er also hier im Haus! Das ist sehr interessant."

9

Martin schenkte sich ein Glas Rotwein ein. Dann stellte er die Flasche vor sich auf den Couchtisch. Mit dem Glas machte er es sich gemütlich. Der Fernseher lief. Es kam irgendeine Gameshow, in der die Kandidaten um 5.000 Euro kämpften. Martin hörte nur mit einem Ohr hin. Er starrte mit leerem Blick auf den Bildschirm. Er fand es ungewöhnlich, am Abend alleine in der gemeinsamen Wohnung zu sein. Die Stille hatte er nicht ertragen, deswegen lief der Fernseher. Aber auch die bunten Bilder konnten seine Stimmung nicht erhellen. Er fühlte sich einsam. Veronika fehlte ihm sehr. Ob sie jetzt gerade bei Olaf war? Martin dachte eifersüchtig daran, was die beiden nun alles gemeinsam taten.

Er spürte, dass diese Gedanken nicht gut für ihn waren. Er zwang sich, nicht an Olaf und Veronika zu denken. Doch so sehr er sich auch bemühte, er kam nicht los davon. Dann machte er den Fernseher aus. Er stand wie gelähmt im Wohnzimmer und wusste nicht, was er machen sollte. Er lief auf und ab. Immer wieder kamen ihm Bilder in den Kopf. Bilder von ihm und Veronika, dann Bilder von Olaf und ihr. Es fühlte sich an, als ob ein Teil von ihm fehlte. Als ob ein Teil von ihm ganz woanders war. Er hatte Sehnsucht. Sehnsucht, bei ihr zu sein. Ohne viel darüber nachzudenken, suchte er sein Opernglas. Irgendwo im Wohnzimmerschrank musste es sein. Nachdem er es in den Händen hielt, nahm er seine Schlüssel und verließ die Wohnung.

Kurz darauf saß er in seinem Auto und fuhr nach Karlsruhe. Was er vorhatte war rational nicht zu erklären. Er sagte sich immer wieder, dass es falsch war, doch er konnte nicht anders. Er fuhr schneller als normal, getrieben von der Sehnsucht, bei ihr zu sein. Als er in Knielingen ankam, parkte er den Wagen in sicherem Abstand. Er wollte auf keinen Fall entdeckt werden. Dann lief er in der Dunkelheit schnell über die Straße, unauffällig, wie eine Katze. Er hoffte, dass er nicht gesehen würde. Dann, als er bei den

Schrebergärten mit den Bäumen und Hecken angekommen war, fühlte er sich sicher. Dort fand er den nötigen Schutz. Er suchte sich eine Stelle, von wo er Olafs Haus gut einsehen konnte. Durch das Opernglas war das Haus im Detail zu erkennen, und er konnte erahnen, was sich hinter den hellerleuchteten Fenstern abspielte. In zwei Zimmern brannte Licht. Das eine könnte die Küche sein. Das Fenster stand offen. Das andere konnte er nicht eindeutig zuordnen. Es war sehr still und es passierte weiter nichts. Wie ein Privatdetektiv stand er da, mit dem Opernglas auf das Haus gerichtet, darauf wartend, ein Detail zu erhaschen. Da plötzlich sah er eine Gestalt. Es war Veronika. Sie lehnte am Fenster. Olaf kam ihr nahe. Er hatte eine Flasche in der Hand, aus der er ihr etwas einschenkte. Sie stießen an und tranken. „Es geht ihr gut", flüsterte Martin. „Sie verschwendet keinen Gedanken an mich." Ungerecht war es, dass es ihr so gut ging und ihm so schlecht, dachte Martin. Und wie er dastand, voller Liebe und sie ihn nicht sah. Dann beobachtete er, wie sich die beiden näherkamen. Sie küssten sich. Sie küssten sich innig und lange. Martin schluckte. Er erinnerte sich an ihren ersten Kuss, damals am See im Stadtgarten. Und an die Verlobungsfeier im Hause Breidenfall, als er zum ersten Mal spürte, dass er in sie verliebt war. Ihm taten diese Erinnerungen weh, denn er wusste, dass er sich von ihnen verabschieden musste. Er ließ das Opernglas sinken und starrte vor sich hin. Plötzlich bemerkte er, dass sich etwas veränderte. Ein Licht ging aus. Beide verließen die Küche. Dann zog Olaf die Vorhänge im zweiten Zimmer zu. Das Licht wurde gedimmt. Was dies zu bedeuten hatte, das wusste er. Martin starrte lange auf das abgedunkelte Fenster. Er versank in seinen Gedanken und träumte von der Beziehung zu Veronika. Ihm kamen unzählige Bilder in den Kopf. Elf Jahre Beziehung, waren eine lange Zeit. Schön war sie gewesen.

Etwa eine halbe Stunde später kam Martin wieder zu Sinnen. Er schämte sich dafür, dass er Veronika heimlich nachspionierte. Noch einmal schaute er zum Haus hinüber, dann schlich er zurück zu seinem Auto. Langsam fuhr er zurück nach Bruchsal. Als er in dieser Nacht in seinem Bett lag, da wusste er, dass es vorbei war! Veronika würde nicht mehr zu ihm zurückkehren!

Als Martin in die Straße in Daxlanden vorfuhr und das Haus sah, freute er sich. Mit Marlies und den anderen zu sprechen und sich mit den Morden auseinanderzusetzen, bedeutete für ihn Ablenkung und Beschäftigung. Er brauchte nicht über sich und sein Leben nachdenken. Das tat ihm jetzt gut. Er stellte seinen Wagen ab und stieg aus. Nachdem er gerade einige Schritte in Richtung Haus gegangen war, öffnete sich eine Autotür und ein

Mann stieg aus. Martin schaute unweigerlich auf das parkende Auto auf der gegenüberliegenden Straßenseite und den Mann. Dieser schaute sich um und gab Martin danach ein Zeichen. Er sollte zu ihm hinüberkommen. Martin staunte sehr, als er sah, wer der Mann war. Einmal hatte er ihn im Schlossgarten gesehen. Es war der Mann, der ihn mehrmals mit einem Feldstecher beobachtet hatte. Martin zögerte kurz. Wer könnte der Fremde sein? Doch seine Neugier ließ ihn die Aufforderung des Mannes befolgen. Als sich die beiden gegenüberstanden, reichte ihm der Mann die Hand. „Mein Name ist Nikolas Brantschy. Es tut mir leid, wenn ich Sie in der letzten Woche im Schlossgarten erschreckt haben sollte."

„Sie haben mich beobachtet. Ich habe Sie gesehen."

„Das ist richtig. Aber ich kann es Ihnen erklären. Fahren wir nur schnell weg von hier. Ich will nicht, dass man mich hier sieht." Wieder schaute er sich ängstlich um. Er stieg in sein Auto ein. „Kommen Sie, steigen Sie ein! Wir werden in die Stadt fahren."

Martin zögerte abermals. Es könnte eine Falle sein.

„Sie haben nichts zu befürchten. Ich will Ihnen helfen. Bitte steigen Sie ein!"

Martin setzte sich mit mulmigen Gefühlen ins Auto. Nikolas fuhr los und blickte dabei in den Rückspiegel.

„Sie müssen wissen, ich bin hier bekannt. Alle Bewohner des Hauses sind mir sehr vertraut. Ich habe selbst zwei Monate hier gelebt." Martin war überrascht. „Leonardo hatte mich bei einem Tai Chi Volkshochschulkurs angesprochen. Mir ging es damals nicht so gut. Ich suchte Ablenkung und war froh, dass es jemanden gab, dem ich wichtig war und der mir zuhörte. Leonardo schien ein toller Mensch zu sein. Er lud mich ein, zu ihm zu kommen und seine Freunde kennenzulernen. Kurze Zeit später ging ich in seinem Haus ein und aus. Leonardo wurde ein enger Freund von mir." Er machte eine Pause und blickte Martin an. „Ich schätze, bei Ihnen ist es ähnlich passiert, nicht?"

Martin bestätigte seine Annahme.

„Sehen Sie, das ist alles schön und gut. Aber nehmen Sie sich in Acht. Mit den Menschen hier ist nicht zu spaßen. Etwa drei Monate später sollte ich bei Leonardo einziehen. Ich nahm zu dem Zeitpunkt schon an den Ritualen, Tänzen und Gebeten teil. Ich fühlte mich als Teil eines großen Ganzen. Langsam aber sicher unterzog er mich einer Gehirnwäsche. Ich glaubte an das, was er erzählte. Ich glaubte an die Ewigkeit im Licht und an seine Begegnung mit Gott." Er lachte bitter. „Aber es musste auch eine negative Seite geben, nicht wahr? Es ist nicht alles Gold, was glänzt. Leonardo ist ein geldgieriger, falscher und gefährlicher Mann, das kann ich Ihnen sagen. Kurz nachdem ich hier eingezogen war, bekam ich die erste Anordnung. Ich hatte mein gesamtes Geld an Leonardo abzugeben. Bis auf den letzten Cent sollte ich alles abtreten. Er wollte sich nicht nur um mein seelisches, sondern auch um mein weltliches Wohl kümmern. Ich bräuchte nichts mehr zu tun. Alles würde er übernehmen. Also tat ich, wie mir befohlen wurde. Er bekam über 2.000 Euro von mir: bar auf die Hand. Es durfte nicht überwiesen werden, das war ihm wichtig. Natürlich, denn das gesamte Geld tauchte in seiner Steuererklärung nicht auf. Er gab lediglich die Mieteinnahmen als Einkommen an. Den Rest behielt er bei sich und bewahrte es an einem bestimmten Ort in seiner Wohnung auf."

„Ach so ist das? Und alle Mitglieder der Gemeinschaft machten es genauso?"

„Aber ja, alle gaben ihr gesamtes Geld ab. Aber es war nicht so, dass sie auch nur im Geringsten einen Gegenwert erhalten hätten. Leonardo hielt das Geld streng zusammen. Zu essen gab es nicht viel. Luxus, Vergnügen und dergleichen gab es praktisch nicht."

„Dann hat er ziemlich gut verdient", meinte Martin.

„Richtig."

„Das müssten mittlerweile Tausende von Euro sein?"

„Mindestens"

„Und wo ist das Geld jetzt?", wollte Martin wissen.

„Hat man es in seiner Wohnung nicht gefunden?"

„Nein, in seiner Wohnung gab es nichts Wertvolles. Zumindest hat die Polizei nichts davon berichtet."

Ungläubig schauten sich die beiden an. Dann ging es mit dem Auto in die Karlsruher Innenstadt, wo Nikolas sein Auto in einem Parkhaus parkte. Anschließend setzten sie sich in einen Biergarten in den Passagenhof. Auch hier blickte er sich zunächst vorsichtig um, bevor er sich mit Martin in einer hinteren Ecke niederließ.

„Das Geld bewahrte er in einer Schachtel im Schlafzimmer auf. Er konnte sich keinen Safe einbauen lassen, denn das hätte ihn vor den anderen unglaubwürdig erscheinen lassen."

„Ich verstehe. Nun, das Geld war offenbar nach seinem Tod nicht mehr da, sonst hätte Hauptkommissar Frank sicher etwas erwähnt. Aber sagen Sie, woher wissen Sie das alles?"

„Ich war sein Vertrauter, sein Freund. Mir hatte er viele Dinge erzählt. Und ich habe die letzten Monate viel über ihn recherchiert. Gott sei Dank schaffte ich den Absprung früh genug und durchschaute Leonardo als Betrüger. Ich erkannte, dass er sich an den anderen bereichern wollte und nur labile Menschen um sich herum scharte, die er ausnehmen konnte wie Weihnachtsgänse."

„Wieso erzählen Sie mir das alles?", wollte Martin wissen.

„Ich möchte Sie warnen! Diese Menschen sind gefährlich! Nachdem ich den Wunsch geäußert hatte, gehen zu wollen, hat man versucht, mich gewaltsam aufzuhalten. Sie drohten mir. Wenn ich irgendetwas gegen sie unternehmen würde, dann würden sie mich mundtot machen."

„Leonardo ist tot. Was aus der Gruppe wird, kann man jetzt noch nicht sagen. Ohne einen Erleuchteten wird es nicht mehr funktionieren, so schätze ich. Und ob sie überhaupt in dem Haus wohnen bleiben können, das wird sich noch klären."

„Das Haus wird seine Tochter erben. Es sei denn, er hat ein Testament zu Gunsten Jasmines gemacht."

„Er hat eine Tochter?", fragte Martin erstaunt.

„Ja, aus erster Ehe. Gabriele Reesiger heißt sie. Sie wohnt in Stuttgart. Ich kann Ihnen ihre Adresse geben."

„Was wissen Sie noch alles über Leonardo, es interessiert mich. Wie kam er zu dem prächtigen Haus, zum Beispiel?"

Nikolas beugte sich zu Martin vor. Mit gedämpfter Stimme begann er: „Leonardo war von Haus aus nicht sehr wohlhabend gewesen. Er war mit einer Frau verheiratet, ich glaube, sie hieß Marianne. Mit ihr hatte er die gemeinsame Tochter: Gabriele. Die Ehe scheiterte und Leonardo verließ die beiden. Dann lernte er Rosa kennen. Sie war etwa 30 Jahre älter als er und sehr wohlhabend. Ihr gehörte das Haus, das damals nicht vermietet, sondern baufällig war und leer stand. Rosa liebte Leonardo sehr. Ich weiß nicht, wie er es angestellt hatte, jedenfalls vererbte sie ihm nach ihrem Tod alles, was sie besaß: Das Haus und das viele Bargeld. Ihr Sohn Eduard ging bis auf seinen Pflichtanteil, der ihm in Bargeld ausbezahlt wurde, leer aus."

„Sie hatte einen Sohn?"

„Ja, Eduard. Er und Leonardo waren praktisch gleich alt."

„Erbschleicherei nennt man das", meinte Martin. „Ich nehme nicht an, dass Leonardo eine 30 Jahre ältere Frau aus reiner Liebe heiratete."

„Genauso sehe ich das auch."

Diese Neuigkeiten fand Martin sehr interessant. Neugierig sagte er: „Ich würde gerne mehr über Leonardo erfahren und über die Zeit seiner Ehe mit Rosa."

„Ich habe die Telefonnummer der Haushälterin von damals. Wenn es Sie interessiert, dann gebe ich sie Ihnen."

„Ja, das wäre sehr hilfreich, vielen Dank." Nikolas griff in seine Tasche und holte Zettel und Stift heraus. Dann notierte er damit aus seinem Handy eine Nummer und den Namen `Sofia Brickell´.

„Jedenfalls wurde das Haus nach Rosas Tod frisch saniert", fuhr Nikolas fort. „Leonardo hatte seine Geschäftsidee im Kopf und sich sorgfältig vorbereitet. So war das. Und die Situation, in welcher sich heute die Gruppe befindet, ist Ihnen ja bekannt. Ich rate Ihnen, nehmen Sie Abstand. Diese Menschen sind zu allem fähig."

Martin bedankte sich bei ihm. Er wollte sich auf keinen Fall weiter in die Gemeinschaft hineinziehen lassen. Er hatte selbst einen kritischen Blick und nun, nachdem die Morde geschehen waren, konnte man sowieso niemandem mehr vertrauen.

„Wie sind Sie auf mich gekommen?"

„Das war ganz einfach. Ich bin Marlies gefolgt. Sie hat die Aufgabe in der Gruppe, neue Mitglieder zu akquirieren." Nikolas sprach das Wort `akquirieren´ besonders betont aus. Martin wusste sofort, was er damit meinte.

„Dann war es kein Zufall, dass sie mich ansprach, damals im Schlossgarten?", fragte Martin.

„Nein, das war kein Zufall, eher Berechnung. Sie sah, dass es Ihnen nicht gut ging. Dass Sie vielleicht in Schwierigkeiten geraten waren. Sie waren leichte Beute für sie."

In Gedanken wiederholte Martin die beiden Worte noch einmal: `leichte Beute´. Ja, so einen Eindruck musste er gemacht haben. Im Nachhinein war es klar, dass er von ihr angesprochen wurde. Nikolas gab Martin zu verstehen, dass er sich nun zurückziehen wolle. Er bat Martin wiederholt, sich von der Gruppe fern zu halten. Dann blickte er sich um und versicherte sich, dass ihm niemand gefolgt war. Anschließend huschte er davon.

Martin blieb alleine zurück. Dann tätigte er einen Anruf. Nach einer halben Stunde kamen Hauptkommissar Frank und Kommissar Stürmer in den Biergarten. Letzterem war es nicht recht gewesen, in dieser Lokalität ein offizielles Gespräch zu führen, doch Hauptkommissar Frank bestand darauf, hierher zu kommen.

„Nun, Herr Fennberg, ich freue mich, Sie zu sehen."

Die beiden Kommissare setzten sich. Hauptkommissar Frank fragte neugierig, was Martin in der Zwischenzeit herausgefunden hatte. Dieser berichtete von der

Begegnung mit Herrn Bernd Sutzler, dem Bruder des Verstorbenen. Die Geschichte von Laura bewegte die beiden Kommissare ebenso wie Martin. Anschließend erzählte Martin von dem Gespräch mit Herrn Nikolas Brantschy. Hauptkommissar Frank nickte beeindruckt. Es waren seiner Meinung nach sehr viele nützliche Informationen.

„Es könnte sein", begann Martin, „dass die drei Opfer keinen Selbstmord verübt haben. Ich denke, wir sollen nur glauben, dass es einer war. In Wahrheit sollte ein bestimmter Mensch sterben. Einer von den dreien sollte gezielt umgebracht werden. Wir müssen nur herausfinden, wer das wahre Opfer sein sollte."

Kommissar Stürmer, der sonst so ruhig daneben saß und sich alles anhörte, sagte entrüstet: „Entschuldigen Sie bitte, Herr Frank, wollen Sie wirklich diesem Herrn Fennberg Glauben schenken? Also für mich hört sich das alles andere als plausibel an. Vielleicht ist es ja so, dass er selbst etwas zu verbergen hat und uns nur von sich ablenken möchte. Ich traue ihm nicht über den Weg. Ich werde ihn höchstpersönlich überprüfen."

Hauptkommissar Frank ließ sich nicht aus der Ruhe bringen: „Bitte, machen Sie, was Sie wollen. Überprüfen Sie Herrn Fennberg! Dann haben Sie ja etwas zu tun. Währenddessen werde ich mich mit Herrn Fennberg weiter austauschen."

„Das ist nicht erlaubt!"

„Dann gehen Sie woanders hin! Sie müssen ja nicht zuhören."

„Ich werde eine Beschwerde einreichen. Man wird ein Dienstaufsichtsverfahren einleiten, wegen …" Hauptkommissar Frank unterbrach ihn und sagte scharf: „Es ist gut! Sie können für heute nach Hause gehen! Auf Wiedersehen."

Kommissar Stürmer stand auf und ging wortlos aus dem Biergarten. Martin gab dem Hauptkommissar zu verstehen, dass er nicht wolle, dass er wegen ihm in Schwierigkeiten geraten könne. Aber dieser winkte ab und meinte, dass Kommissar Stürmer nur eifersüchtig auf ihn war, da er mehr Erfolg hatte, als er selbst. „Er wird sich beruhigen. Und wenn der Fall gelöst ist, fragt schlussendlich keiner, wer die stichhaltigen Hinweise geliefert hat. Es zählt das Ergebnis. Und ich zähle auf Sie. Sie sind meiner Meinung nach sehr hilfreich." Nach einer Pause führte er wieder zum Fall zurück: „Wer könnte also das Opfer gewesen sein?"

Martin überlegte: „Jürgen könnte derjenige sein, der sterben sollte. Er hatte in der Vergangenheit eine schlimme Straftat begangen und nun sollte er dafür bezahlen." Hauptkommissar Frank nickte zustimmend.

„Leonardo könnte ebenso das Opfer gewesen sein. Denn es fehlt Geld. Tausende Euro in bar sind verschwunden."

Hauptkommissar Frank hob den Kopf. Diese Information war ihm neu und veränderte die Sachlage: „Das hatten Sie bisher noch nicht erzählt."

„Das hatte ich vergessen zu erwähnen. Dieser Nikolas Brantschy wohnte selbst einmal zwei Monate in dem Haus und war eng befreundet mit Leonardo. Er sagte, dass Leonardo das Geld, welches er von den Mitgliedern bekommen hatte, in einem Schuhkarton aufbewahrte, aber die Polizei konnte es bei der Durchsuchung nicht finden."

Hauptkommissar Frank nickte.

„Die Frage ist auch", fuhr Martin fort, „wer erbt sein Haus? Hat er ein Testament gemacht?"

„Das sind viele Möglichkeiten."

„Richtig. Über Helga wissen wir nichts. Vielleicht gibt es dort auch eine dunkle Geschichte, die wir aber bis jetzt noch nicht kennen."

„Wir müssen die Augen offen halten und alle Möglichkeiten in Betracht ziehen. Wir werden als nächstes mit Leonardos Tochter sprechen. Und wir müssen herausbekommen, ob es ein Testament gibt. Bitte, Herr Fennberg, seien Sie vorsichtig."

Martin versicherte ihm, dass er immer vorsichtig sei. Sie verabredeten, sich bald wieder miteinander auszutauschen. Dann standen beide auf.

Martin musste mit der Straßenbahn zum Haus nach Daxlanden fahren, um sein Auto abzuholen. In der Bahn dachte er an Marlies, die so vertrauensselig schien, aber offenbar doch berechnender war, als er gedacht hatte. Dass er für sie nur ein potentieller Kandidat war, der zu ihren Gunsten manipuliert werden sollte, das machte ihn traurig. Martin sollte genauso ausgenommen werden, wie die anderen. Um sein Seelenheil ging es ihr offenbar nicht.

Leonardo hatte den Gemeinschaftsmitgliedern wohl eindringlich nahegelegt, über die finanziellen Belange mit niemandem zu sprechen. Nicht einmal gegenüber der Polizei verrieten sie etwas, so tief verwurzelt waren sie im Glauben an ihn. Martin musste aussteigen. Er lief die Straße entlang und bog etwa nach 200 Meter in die Zielstraße ein. Als er an seinem Auto angelangt war, öffnete sich ein Fenster des Hauses. Marlies streckte ihren Kopf heraus und rief Martin zu: „Huhu, Martin. Wie schön, dass ich dich erwische! Komm doch bitte nochmal herein zu mir, ja? Ich muss dich um einen Gefallen bitten!"

Martin atmete tief durch. Er hatte eigentlich keine Lust, ihr zu begegnen. Pflichtbewusst lief er zum Haus. Als er ankam, hörte er den Türsummer. Keine zwei Minuten später saß er bei Marlies im Wohnzimmer.

„Also wirklich, Martin, wir haben uns heute noch gar nicht gesehen. Wo warst du denn? Dein Auto steht hier schon seit heute Vormittag, aber du warst verschwunden. Ich habe dich überall gesucht! Schau, heute herrscht hier dicke Luft im Haus. Anna und Matthias haben sich wieder gestritten. Es ist nicht zum Aushalten hier! Dieses Mal scheint es ernster zu sein. Ich glaube, Matthias hat etwas von Scheidung gesagt, wenn ich mich nicht verhört habe. Ist das möglich? Elsa habe ich heute noch gar nicht gesehen. Sie hat sich in ihrer Wohnung verriegelt. Ich bin den ganzen Tag alleine und niemand ist da, mit dem ich reden kann. Ich will schließlich nicht enden wie die alte Rochlerin. Das war vielleicht ein altes Weib! Sie lebte in einem kleinen Haus in meinem Heimatort. Ganz alleine lebte sie dort. Ihr Mann hatte sie viele Jahre zuvor verlassen. Jeder wusste warum. Sie war komisch, sagte komische Dinge und verhielt sich höchst auffällig. Nun ja, wenn man alleine lebt, dann wird man mit der Zeit unter Umständen seltsam. Sie hatte immer die Angewohnheit, zu schmatzen, wenn sie mit anderen Leuten sprach. Niemand sagte ihr, dass es ekelhaft war. Niemand hielt ihr den Spiegel vor. Warum auch? Dann kümmerte sie sich nur noch um ihre eigenen Bedürfnisse. Wenn sie auftauchte, konnte sie nicht warten, bis sie an der Reihe war, sondern wollte gleich von allen die größte Aufmerksamkeit. Ich glaube man sagt dazu, dass jemand impulsgesteuert ist, nicht wahr? Ja, das war sie. Als sie starb, kamen vielleicht zehn Leute zu ihrer Beerdigung. Bitte Martin, ich möchte nicht so enden, wie sie. Gib mir Bescheid, wenn ich schmatze und nein, ich möchte bestimmt nicht so selbstbezogen werden, wie sie." Die Verzweiflung war ihr förmlich anzusehen. Martin schaute sie mitleidig an. Etwas von dieser Rochlerin hatte sie wohl zweifelsohne schon jetzt. Zumindest was ihre Impulskontrolle anbelangte.

„Aber was wollte ich eigentlich sagen, Martin? Von was sprachen wir gerade?"

„Du sagtest, dass hier dicke Luft herrscht."

„Richtig. Eiskalt war es heute hier. Ich wage Anna und Matthias gar nicht anzusprechen."

„Was war denn der Grund?", wollte Martin wissen.

Marlies überlegte. Schließlich sagte sie: „Ich weiß nicht, was der Grund für die Auseinandersetzung war. Jedenfalls sprechen sie nicht mehr miteinander. Anna suchte vorhin noch das Gespräch mit ihm, doch Matthias wollte nicht mehr."

Martin dachte nach. Das kam in den besten Familien vor. Er dachte unweigerlich an Veronika und ihn. Zwischen ihnen war auch kein Gespräch mehr möglich.

Marlies stieß einen Seufzer aus. Dann wandte sie sich Martin zu: „Und noch etwas hätte ich beinahe vergessen. Martin, ich muss heute in die Wohnung von Helga gehen. Sie hat so viele Pflanzen zurückgelassen. Pflanzen zu züchten, das war ihre große Leidenschaft. Neben den Männern", fügte sie süffisant hinzu. „Wenn ich sie nicht aus der Wohnung nehme, dann werden sie alle eingehen. Und schau, ich möchte nicht alleine in die Wohnung gehen. Du sollst mich begleiten. Das verstehst du doch? Bitte, hilf mir."

Martin dachte einen Moment lang nach. Es wäre vielleicht interessant, ihre Wohnung zu begutachten. Vielleicht würde er auf etwas Besonderes stoßen. Er sagte schließlich, dass er mitgehen würde. Doch sollte die Aktion jetzt gleich stattfinden, da er eigentlich schon längst zu Hause sein wollte. Marlies stand auf und ging voraus. Die Tür zu Helgas Wohnung war ebenso wie die von Leonardo mit einem Siegel verschlossen. Helga drückte kurzerhand die Tür auf. Das Siegel zerriss.

„Wie sollen wir das der Polizei erklären?", fragte Martin.

„Die Pflanzen müssen gerettet werden! Ich nehme die Schuld auf mich."

Die Wohnung sah unordentlich aus. Überall lagen Dinge auf dem Boden, die eigentlich in den Schränken und Ablagen gelegen hatten. Die Polizei hatte jeden Winkel untersucht. Martin dachte, dass hier wahrscheinlich nichts mehr zu finden sei. In der Wohnung gab es auch keine Bilder an den Wänden. Nichts, außer den Pflanzen, deutete darauf hin, dass es sich hier jemand häuslich eingerichtet hatte. Marlies packte kräftig an. Die Pflanzen im Wohnzimmer, zwei große Ficus Benjamini, schleppte sie hinaus ins Treppenhaus. Martin half, eine Bonsaisammlung hinauszutragen. Dann gingen sie ins Schlafzimmer. Marlies machte sich daran, auch diese Pflanzen ins Treppenhaus zu bringen. Martin begutachtete unterdessen die karge Einrichtung. Hier hätte er sich nicht wohlgefühlt. Der Kleiderschrank war schäbig und das kleine Bett lud nicht ein, sich hinein zu legen. Fast schon automatisch öffnete er die Schublade des Nachttischchens. Darin lagen drei Bücher. Das eine war ein Ratgeber in Sachen Liebesbeziehungen, das andere ein Buch mit dem passenden Titel: ´Traumprinz gesucht´ und das dritte Buch war eine alte Ausgabe der Bibel. Technisch blätterte er die drei Bücher durch. In dem Buch ´Traumprinz gesucht´ lag etwas, das seine Aufmerksamkeit weckte. Es war ein Foto. Martin stutzte, als er sah, wer auf dem Foto abgebildet war. Es war Matthias. „Das ist wirklich sehr interessant", flüsterte Martin.

Unterdessen war Marlies mit der Pflanzenrettung fertig. Beide verließen die Wohnung. Das Bild aber behielt Martin bei sich, ohne ihr etwas davon zu verraten.

10

Gabriele Reesiger blickte verächtlich in Hauptkommissar Franks Augen. Ihre Haltung war eindeutig reserviert. Die Beine und die Arme waren verschränkt. Mit der einen Hand stützte sie ihr Kinn. Hauptkommissar Frank bemerkte ihre Abwehrhaltung. Er hoffte dennoch, dass sie für ein offenes Gespräch bereit war.

„Wir danken Ihnen, dass Sie unser Treffen so kurzfristig ermöglicht haben", begann Hauptkommissar Frank. „Es ist für uns sehr wichtig, mit Ihnen zu sprechen. Nun, Sie sind Herrn Leonardo Reesigers Tochter aus erster Ehe. Stimmt das?"

Gabriele bestätigte seine Aussage.

„Haben Sie den Kontakt zu Ihrem Vater nach der Scheidung Ihrer Eltern aufrechterhalten?"

„Das war sehr schwierig", antwortete Gabriele. „Nein, der Kontakt brach ab. Nur zu den Geburtstagen bekam ich ein Präsent in Form von Bargeld."

„Haben Sie unter dem Verlust Ihres Vaters gelitten?"

„Nein, ich war sehr glücklich mit meiner Mutter. Ich vermisste ihn nicht."

Hauptkommissar Frank dachte nach. Dann setzte er erneut an: „Hatten Sie von der erneuten Heirat Ihres Vaters gewusst und wenn ja, was hielten Sie davon?"

„Ja, ich habe gewusst, dass er sich neu verheiratete. Es berührte mich nicht, denn es ging mich nichts mehr an."

Hauptkommissar Frank fand ihre Aussage recht gefühllos. Er hakte nach: „Hingen Sie an Ihrem Vater? Oder besser gesagt, liebten Sie ihn?"

Gabriele wechselte die Haltung und überschlug nun das andere Bein. „Nein, ich habe ihn nicht geliebt. Sie mögen es für gefühlskalt halten, doch er war nicht gut für uns. Weder für meine Mutter noch für mich."

„Können Sie uns das genauer schildern?"

„Von meinem Vater habe ich nie Wärme, Liebe oder eine andere Form von Zuneigung erhalten. Er war mir gegenüber sehr gleichgültig. Außer den Geldgeschenken an Geburtstagen und Weihnachten, hat er mich nie unterstützt. Ich bat ihn einmal um Geld, weil ich in finanzielle Schwierigkeiten geraten war. Da lachte er mir nur ins Gesicht und meinte, dass er nichts hätte, was er mir geben könnte. Er verhielt sich mir gegenüber sehr kalt. Was soll ich Ihnen sagen? Ich hasste ihn! Das ist die reine Wahrheit."

„Wann haben Sie ihn das letzte Mal lebend gesehen?"

Gabriele dachte nach. „Ich habe ihn am letzten Freitagnachmittag besucht, kurz bevor er starb."

„Sie waren im Haus und haben mit ihm gesprochen?"

„Ja, aber da war er noch sehr lebendig."

„Was wollten Sie von ihm?"

„Ich wollte Geld. Aber er gab mir keins. Sehen Sie, ich könnte eine kleine Wohnung kaufen, jedoch fehlt mir das nötige Geld für die Anzahlung des Kredits. Ohne ein gewisses Maß an Eigenkapital bekommt man heute fast kein Darlehen mehr."

„Wo und wann genau waren Sie im Haus?"

„Es war ungefähr um 14 Uhr. Wir trafen uns in seiner Wohnung. Er war alleine. Ich blieb etwa 15 Minuten bei ihm. Es war ziemlich schnell klar, dass er mir kein Geld geben würde. Dann habe ich das Haus auf direktem Weg wieder verlassen."

Hauptkommissar Frank verstand. Er fragte: „Wissen Sie, ob Ihr Vater ein Testament gemacht hat?"

„Soviel ich weiß, gibt es kein Testament. Er wollte irgendwann ein Testament aufsetzen, doch meines Wissens gibt es ein solches nicht. Außerdem lachte er mir bei unserem Treffen ins Gesicht und meinte zu mir: `Erst nach meinem Tod wirst du alles erben, was mir gehört! Aber solange ich lebe, wirst du nichts von mir bekommen. Keinen Cent!´. So boshaft war er zu mir."

„Dann werden Sie also das Haus erben und alles was er besaß?"

Ihre Haltung wurde gerade und ihr Mund umspielte ein Lächeln: „Ja, ich werde alles erben. Er hat keine weiteren Kinder und verheiratet ist er nicht. Ich bin seine Alleinerbin. Mir steht alles zu."

„Sie wissen, dass Sie sich damit sehr verdächtig machen?"

„Ich habe nichts zu verheimlichen. Mich würde es wundern, wenn Sie bei mir Ungereimtheiten finden würden."

Hauptkommissar Frank lächelte Gabriele an. Er konnte darauf nichts erwidern. Entweder sie ist wirklich unschuldig oder sie hat extrem starke Nerven, befand er.

„Benötigen Sie mich noch?", fragte Gabriele.

„Nein, vielen Dank. Wir werden ihre Erbangelegenheiten natürlich überprüfen!"

Sie lächelte: „Das ist mir bewusst."

Hauptkommissar Frank stand auf und gab Kommissar Stürmer ein Zeichen. Beide verabschiedeten sich und verließen ihre Wohnung. Als sie in ihrem Auto saßen, gab Hauptkommissar Frank Kommissar Stürmer die Aufgabe, alles, was über Gabriele Reesiger zu finden war, zusammenzutragen. Ihm gefielen ihre Art und ihre Selbstsicherheit nicht. „Sie scheint etwas zu verbergen und sie ist sich ziemlich sicher, dass wir das nicht herausfinden. Also, gehen wir es an."

Sofia Brickell war eine Frau von 87 Jahren. Ihre weißen Haare waren hochgesteckt. In sich zusammengefallen saß sie in ihrem Ohrensessel. Ihr Geist war wach. Martin saß ihr gegenüber. Er hatte sich telefonisch angekündigt. Den wahren Grund für seinen Besuch hatte er ihr verschwiegen. Er sei ein alter Freund von Leonardo und er wolle nach seinem Tod sein Leben aufarbeiten und niederschreiben. Frau Brickell war hoch erfreut, mit ihm gemeinsam in die Vergangenheit zu blicken. „Es war eine schöne Zeit!", sagte sie schwärmerisch, als sie über die vielen Jahre im Hause bei Rosa Reesiger nachdachte. Dort war sie als Hausdame angestellt und hatte sich um den Haushalt, so wie um die Erziehung des Sohnes gekümmert. Den Namen Reesiger nahm Rosa erst durch die spätere Heirat mit Leonardo Reesiger an. Zuvor war sie eine verheiratete Grilmer und ursprünglich eine geborene von Unzmann. Ihren Sohn Eduard hatte sie mit ihrem ersten Mann Josef Grilmer bekommen. Josef war ein industrieller Großunternehmer, der ihr Wohlstand und ein beachtliches Vermögen einbrachte. Er verstarb früh bei einem Autounfall. Einige Jahre später lernte Rosa ihren zweiten Mann, Leonardo Reesiger kennen. Er war 30 Jahre jünger, gutaussehend und sehr charmant. Sie heirateten und eine wundervolle Zeit begann. Frau Brickell begann zu strahlen. Rosa blühte förmlich auf. Er wirkte auf sie wie ein Jungbrunnen. Natürlich war Eduard mit der Heirat nicht einverstanden gewesen! Er sah Herrn Reesiger als Konkurrenten an, nicht als Gewinn für seine Mutter. Frau Brickell erinnerte sich noch genau: An einem Tag brachte Herr Reesiger einen Bund mit 100 roten Rosen mit und sagte, dass sie, Frau Reesiger, sein ein und alles sei. Er würde alles für sie tun. Frau Reesiger war sehr zufrieden. Er hatte sie sehr glücklich gemacht. Frau Brickells Gesicht verfinsterte sich, als sie von einigen Auseinandersetzungen zwischen Eduard und Herrn Reesiger berichtete. Er mochte ihn nicht leiden, obwohl Herr Reesiger alles Erdenkliche getan hatte, um seine Gunst zu erwerben. Eines Tages verließ Eduard das

Haus und kam erst drei Tage später wieder zurück. „Ich denke, es war nicht leicht für ihn, zu akzeptieren, dass Herr Reesiger im gleichen Alter war wie er. Doch kommt es wirklich auf das Alter an?", fragte Frau Brickell. „Ich denke, wenn zwei Menschen für einander bestimmt sind, dann spielt das Alter eine nebensächliche Rolle. Und sie machten sich glücklich. Sie waren ein gutes Paar." Dann berichtete sie von der langen Krankheit Rosas und schließlich von ihrem tragischen Tod. Herr Reesiger hatte sie gepflegt und sich um sie gekümmert, bis es nicht mehr ging.

„Als dann ein Testament gefunden wurde, verschlechterte sich die Beziehung Eduards zu Herrn Reesiger noch mehr. Eduard wurde von seiner Mutter praktisch enterbt und bekam nur den Pflichtanteil, der ihm bar ausbezahlt wurde. Das Haus und den Rest des Vermögens, einschließlich einer wertvollen, mit Brillanten bestückten Kette, ein Erbstück der Familie, erbte Herr Reesiger. Eduard konnte nichts dagegen unternehmen, das Testament war rechtsgültig."

„Das war sehr großzügig von Frau Reesiger", meinte Martin.

„Das war ihre Art, ihm für die schönen Jahre zu danken. Er war der wichtigste Mensch in ihrem Leben. Nun ja, nach ihrem Tod musste ich dann die Haushaltsauflösung zusammen mit Herrn Reesiger organisieren. Das war eine Menge Arbeit und nicht leicht für mich. Danach bekam ich mein Arbeitszeugnis ausgestellt und ich verließ das Haus."

Martin ließ die Geschichte einen Moment lang auf sich wirken. Frau Brickell starrte verloren an die Wand. Dann erblickte er die Bilder, die an der Wand hingen. Auf einem war Leonardo zu sehen. „Ah, hier ist Herr Reesiger! Ist das daneben seine Frau Rosa?"

Frau Brickell bejahte. Dann zeigte sie auf das Bild daneben. Es zeigte die komplette Familie: Rosa, Leonardo und Eduard.

„Dürfte ich eventuell ein Foto machen von dem Bild? Das wäre schön. Ich könnte es in meine Abhandlung einfügen, wenn es Ihnen nichts ausmacht."

Frau Brickell nickte: „Aber gerne! Wenn Sie wollen, dann können Sie es auch mitnehmen. Ich habe all meine Erinnerungen aus dieser Zeit in meinem Kopf. Ich brauche diese Fotos nicht mehr."

Martin bedankte sich für ihre Güte und nahm die Fotografie von der Wand. Er schaute gedankenvoll auf das Foto. Schließlich fragte er: „Was ist eigentlich aus Eduard geworden?"

„Das kann ich Ihnen leider nicht sagen. Der Kontakt brach ab."

„Könnten Sie mir in kurzen Worten beschreiben, wie er war, als Mensch?"

Frau Brickell kam abermals ins Schwärmen: „Er war so ein lieber junger Mann. Sehr feinfühlig. Ein wahrer Sonnenschein. Aber sehr nachtragend. Er vergaß nichts. Einmal kam er zu mir und sagte, dass er immer noch böse auf mich sei, weil ich ihm als kleinem Jungen einmal zu Unrecht ein Auto weggenommen hätte. Ja, so war er! Er vergaß nichts!"

„Hatte er Freunde? Gründete er eine eigene Familie?"

„Nein, weder noch. Er hatte einen besten Freund, an ihn erinnere ich mich noch, Bruno hieß er. Eine Familie hatte er bis dato nicht gegründet. Er hatte Freundinnen. Warten Sie, ob ich mich richtig entsinne. Sie wechselten des Öfteren, ich brachte damals schon die Namen durcheinander. Eine hieß `Melanie´ und eine andere `Jessy´. Ah ja, eine dritte, ganz besonders attraktive junge Dame war `Vicky´. Hm, ich erinnere mich nur noch an diese drei. Aber es waren mehr, da bin ich mir sicher."

Martin bedankte sich für ihre offenen Worte. Er lobte sie für ihr fabelhaftes Gedächtnis. Sie fühlte sich geschmeichelt. Nachdem er noch gemeinsam mit ihr einen Kaffee getrunken und sie viele unterhaltsame

Geschichten erzählt hatte, verabschiedete er sich bei ihr und verließ zufrieden das Haus.

Martin kam am späten Nachmittag nach Daxlanden. Er hatte in den letzten Tagen viele Informationen erhalten. Nun galt es, diese zu ordnen und herauszufinden, welche wie zusammenpassten. Ihm war klar, dass es ein sorgfältig geplanter Mord gewesen sein musste. Einen rituellen Selbstmord schloss er endgültig aus. Und mit Zufall hatte es nichts zu tun, soviel stand fest. Der Mörder oder die Mörderin musste kaltblütig und skrupellos sein. Er oder sie nahm billigend in Kauf, dass neben dem eigentlichen Mord noch zwei unschuldige Menschen starben. Martin schüttelte den Kopf.

Als er am Haus ankam, ging der Türsummer, ohne dass er geklingelt hatte. Bereits im Treppenhaus vernahm er Marlies Stimme. „Martin, komm doch bitte hoch zu mir!"

Martin schritt die Treppe hinauf zu Marlies Wohnung.

„Also, sieh dir das mal an. Meine Wohnung ist nun voller Pflanzen! Der reinste Dschungel! Kleine, große, dicke und dünne Pflanzen. Ich weiß nicht wohin damit! Weißt du, wo ich sie unterbringen könnte? Matthias möchte keine und Anna auch nicht. Elsa habe ich seit gestern nicht mehr gesehen. Jasmine mag keine

Pflanzen. Es ist wie verhext. Hier können sie jedenfalls nicht bleiben. Man weiß ja nicht einmal mehr, wo man laufen soll!" Sie seufzte und setzte sich auf einen Stuhl, den sie zuvor von einem Bonsai befreite. Martin hatte auch keine Lösung parat. Er wollte diese Pflanzen jedenfalls nicht. Er hatte keinen grünen Daumen und Veronika, nun, sie war ja nicht mehr oft zu Hause.

„Und weißt du, was auch komisch ist? Elsa ging gestern Abend fort und kam bis heute nicht wieder. Das wollte ich dir unbedingt erzählen. Ich habe mehrmals bei ihr geklingelt. Sollte sie vielleicht einen Mann kennengelernt haben? Das wäre ja aufregend! Die kleine Unschuld wird vielleicht bald nicht mehr unschuldig sein." Sie summte eine kleine Melodie vor sich hin.

Martin fand ihre Bemerkung über Elsa alles andere als nebensächlich. Er machte sich sofort große Sorgen. Was wäre, wenn ihr etwas zugestoßen wäre? Er fragte Marlies: „Bleibt Elsa des Öfteren über Nacht weg?"

„Nein, das ist noch nie passiert, seitdem sie hier wohnt. Wieso fragst du das?"

„Wohin ist sie gestern Abend gegangen?"

„Das weiß ich nicht, das müssen wir Matthias fragen."

Kurzerhand klingelte Martin bei Matthias. Als dieser die Tür öffnete, stand Anna hinter ihm. Sie hatten gerade ein aufwühlendes Gespräch gehabt, man konnte es an den verheulten Augen von Anna sehen. Martin fragte Matthias, wohin Elsa gestern Abend gehen wollte. Er antwortete, dass Elsa an der Alb entlang in Richtung Mühlburg gehen wollte. Sie liebte es, spazieren zu gehen. War das tatsächlich wahr? Hatte Elsa wirklich vorgehabt an der Alb entlang zu gehen oder war dies nur ein Vorwand, um etwas anderes zu tun? Sie hatten keine Wahl. Sie mussten zunächst der Aussage Glauben schenken. Martin appellierte an Matthias und Anna: „Bitte, lasst uns alle gemeinsam auf die Suche nach Elsa gehen!"

„Ja, wieso denn?", fragte Matthias, „Sie wird schon wieder nach Hause kommen. Was soll schon passiert sein?"

„Ich weiß es nicht, aber ich habe ein ungutes Gefühl!"

„Sie war noch nie über Nacht außer Haus!", fügte Marlies an.

„Du glaubst doch nicht ernsthaft, dass da etwas Schlimmes geschehen ist?"

„Es könnte sein", gab Martin zu verstehen. „Denkt daran, es sind drei Menschen gestorben! Es liegt nahe, dass sie das vierte Opfer sein könnte."

Matthias schaute zu Anna, dann zu Marlies. Ungläubig fragte er: „Was denkt ihr?"

„Ja, ich weiß es nicht", antwortete Anna. „Ich bin ganz unsicher. Vielleicht hat Martin Recht?"

Martin sprach eindringlich weiter: „Auch Jasmine sollte suchen helfen. Zehn Augen sehen mehr!"

Matthias, Anna und Marlies willigten ein. Marlies übernahm es, Jasmine Bescheid zu geben. Alle versammelten sich unten vor dem Haus. Martin instruierte die Gruppe. Sie sollten an der Alb entlang gehen und genau die Böschung und das Gewässer absuchen, Meter für Meter. Irgendwie vermutete er, dass sie auf etwas Schreckliches stoßen würden.

Die Gruppe machte sich auf den Weg. Als sie am Ausgangspunkt an der Alb ankamen, gingen sie langsam in Richtig Stadtinneres. Martin und die anderen riefen ständig Elsas Namen. Sie schauten hinter jeden Busch am Ufer, doch sie fanden nichts. Als sie schon fast in Mühlburg angekommen waren, sahen sie, dass ein Krankenwagen und drei Streifenwagen an der vor ihnen liegenden Kreuzung standen. Sie beobachteten, wie Rettungskräfte etwas aus dem Wasser bargen. Es war ein lebloser Körper. Martin schluckte. Sollte dies Elsa sein?

„Elsa!", schrie Marlies. Sie rannte schreiend in Richtung Fundort. Kurz davor brach sie in Tränen aufgelöst zusammen.

Anna fing ebenso zu weinen an. Jasmine nahm sie in ihre Arme und versuchte sie zu trösten.

Martin sah, dass einer der Polizisten auf die Gruppe zukam. Es war Hauptkommissar Frank. Mit bebender Stimme fragte ihn Matthias: „Ist sie das?"

„Es tut mir aufrichtig Leid", begann Hauptkommissar Frank mit belegter Stimme, „Ihnen mitteilen zu müssen, dass Elsa Rotbein offenbar von der Fußgängerbrücke dort in die Alb gesprungen ist. Sie hat den Aufprall nicht überlebt. Ihr Körper wurde von der Strömung ans Ufer in die dichte Böschung gespült. Ein Jogger hat sie heute Nachmittag dort entdeckt. Es tut mir Leid."

Marlies wurde von einem Beamten zur Gruppe zurückgebracht. Sie war vollkommen aufgelöst. Es waren vier Menschen aus der Gemeinschaft in so kurzer Zeit gestorben. Das konnte sie nicht fassen. Anna, Matthias, Marlies und Jasmine umarmten sich. Sie hielten sich fest und spendeten sich gegenseitig Trost. Martin sonderte sich mit Hauptkommissar Frank ab. Martin fragte direkt: „War es Mord?"

„Das wissen wir nicht. Wir müssen die Pathologie abwarten. Als wir gehört hatten, dass hier ein Unglück geschehen war, sind wir sofort hergefahren. Vielleicht war es Mord. Verflixt! Und wir sind noch nicht weitergekommen. Jeder hätte sie von der Brücke stoßen können."

Martin dachte nach. Nach einer langen Pause begann er: „Also, es gibt mehrere Möglichkeiten, die wir zu bedenken haben: Entweder sie ist selbst gesprungen und hat den Freitod gewählt. Vielleicht wollte sie es Leonardo gleichtun und mit ihm im Licht der Ewigkeit vereint sein."

Hauptkommissar Frank grunzte.

„Oder sie war es tatsächlich, die den Tee im Meditationsraum vergiftete und nun konnte sie mit der Schuld nicht leben und hat sich deswegen von der Brücke hinuntergestürzt."

Hauptkommissar Frank schüttelte den Kopf.

„Oder sie wurde ermordet, weil sie etwas gesehen hatte und zum Schweigen gebracht werden sollte. Vielleicht war ihr etwas aufgefallen und sie hatte die Identität des Mörders gekannt?"

„Bingo!!", sagte Hauptkommissar Frank. „Ich tippe darauf, dass es so war! Sie musste etwas gesehen oder gehört haben. Irgendjemand, der scheinbar unbemerkt in den Meditationsraum gelangt war, aber doch von ihr beobachtet wurde. Und als sie den Mörder zur Rede stellt, bringt er sie um. Vielleicht waren sie auch hier verabredet."

„Arme Elsa. Was hatte sie nur gewusst?" Martin war betroffen.

Spät am Abend saßen die Hausbewohner zusammen in Jasmines Wohnung. Martin kam noch auf einen Tee mit hinein, bevor er sich verabschieden wollte. Das Hauptthema des Gesprächs war ihre unsichere Zukunft. Leonardo war gestorben. Drei Gemeinschaftsmitglieder waren tot. Was hatte ihnen der Glaube gebracht? Sie waren alle sehr verunsichert. Wie konnten sie alleine weitermachen, ohne Erleuchteten, ohne eine führende Hand? Niemand konnte Leonardo ersetzen und es wollte auch niemand eine Führungsrolle übernehmen. Alle mussten sich eingestehen, dass die wunderbare Zeit der Geborgenheit vorüber war. Nacheinander überlegten sie, welche Möglichkeiten sie hatten. In dem Haus konnten sie jedenfalls nicht weiterleben. Matthias und Anna wollten getrennte Wege gehen und sich scheiden lassen. Jasmine wollte erst einmal zu ihrer Mutter nach Freiburg ziehen. Marlies hatte nur eine bescheidene Rente und hoffte, in Karlsruhe eine neue Wohnung zu finden. Noch einmal fassten sich alle an den Händen und sangen ihr heiliges Mantra. Martin machte den

Vorschlag ein Foto zu schießen, um diesen Moment festzuhalten. Wer weiß, wie viele Momente es noch geben sollte, an denen alle zusammen waren, sagte er. Dann rückten sie zusammen und lächelten, während Martin mit seinem Handy das Foto knipste.

Als Martin in der Nacht in seinem Bett lag, konnte er lange nicht einschlafen. Ihm ging der ganze Fall durch den Kopf. Irgendetwas hatte er übersehen oder überhört. Es musste alles zusammenpassen, das wusste er, sonst war es nicht richtig. Hätte man den Tod Elsas verhindern können? Diese Frage quälte ihn am meisten. So viele Menschen mussten sterben und er hatte nichts dagegen tun können.

Dann stand er auf, nahm sein Handy in die Hand und schaute sich noch einmal das Bild an, das er von der Glaubensgemeinschaft geschossen hatte. Wehmütig blickte er nacheinander alle an. Es waren im Grunde doch liebe Menschen, die einsam und alleine waren. Deswegen waren sie so empfänglich für den Glauben, den Leonardo predigte. Fast hätte er sich selbst mit hineinziehen lassen. Er konnte es ihnen nicht verdenken.

Plötzlich hielt er inne. Ein Funke, ein kleiner Gedanke kam ihm in den Sinn. Was wäre, wenn … fragte er sich. Denk nach, Martin, alles muss sich ineinanderfügen, sonst ist es nicht die richtige Lösung! Nach und nach baute sich in Martins Gedanken ein Bild auf. Es könnte so sein, befand er. Aber wie sollte er das beweisen können? Er hob den Kopf. Dann hatte er eine brillante Idee. Morgen früh wollte er gleich Hauptkommissar Frank davon in Kenntnis setzen.

11

Gleich nach dem Aufstehen fuhr Martin seinen Laptop hoch. Er googelte eine ihm noch fehlende Information. Zufrieden lehnte er sich zurück. In ihm stieg ein Gefühl der Freude empor. Immer wenn er kurz davor war, ein Rätsel zu lösen, hatte er ein unbeschreiblich leichtes Gefühl. Doch es fehlte ihm ein entscheidender Beweis. Diesen sollte er in den nächsten zwei Tagen erhalten. Wenn er richtig vermutete, dann würde er bald zusammen mit Hauptkommissar Frank den Mörder überführen können. Er notierte sich eine Adresse auf einen Zettel. Diese war wichtig und er durfte sie nicht verlieren. Dann tätigte er ein Telefonat.

Nachdem er seinen Koffer gepackt hatte, verließ er mit siegessicherem Gefühl seine Wohnung.

Zwei Tage später saß Martin bei Hauptkommissar Frank und Kommissar Stürmer im Büro. Kommissar Stürmer war ihm gegenüber sehr reserviert. Er wusste nicht recht, was er von ihm halten sollte. Martin hingegen, der ein großes Selbstbewusstsein ausstrahlte, eröffnete das Gespräch: „Ich danke Ihnen, dass Sie sich Zeit genommen haben, meine bescheidenen Rückschlüsse anzuhören. Ich glaube nun zu wissen, wer der Mörder von Leonardo, Jürgen, Helga und Elsa ist."

Hauptkommissar Frank lächelte ihm zu. Er verspürte keine Anzeichen von Neid oder Ähnlichem, auch wenn dies bedeutete, dass er selbst den Fall nicht lösen konnte. Kommissar Stürmer grunzte laut. Er war von Martins Talent nicht überzeugt. Dennoch hörte er zu, was dieser berichtete.

Martin begann: „Als wir die drei Leichen im Meditationsraum fanden, gingen wir automatisch von einem ritualisierten Selbstmord aus. Wir dachten, dass sich Leonardo und die zwei Gläubigen selbst vergiftet hatten, um in der Ewigkeit des Lichts bei Gott zu sein." Er machte eine Pause. Dann fuhr er fort: „So sollte es sein. So hatte es der Mörder geplant. Doch ich bin fest davon überzeugt, dass eine Person gezielt umgebracht werden sollte und die anderen nur deswegen starben, um uns den religiösen Selbstmord plausibel zu machen."

Hauptkommissar Frank nickte. Das hatten sie ja bereits angenommen und miteinander diskutiert.

„Doch wer war das eigentliche Opfer? Wer sollte sterben und aus welchem Grund? Nehmen wir einmal an, dass Helga das Zielopfer war. Wieso sollte sie sterben? Nun, als ich das erste Mal ins Haus kam, wurde ich Zeuge eines Streits zwischen Anna und ihrem Mann Matthias. Sie sagte wortwörtlich: `Matthias, ich fasse es nicht! Dass du mir das antun musst. Aber ich habe es ja schon lange vermutet!´ und `Es ist kaum zu glauben, diese Männer!´ Es ging dabei um Liebe und Eifersucht, das war klar herauszuhören. Auch fand ich in einem von Helgas Büchern, mit dem Titel „Traumprinz gesucht", eine Fotografie von Matthias. Aus psychologischer Sicht sehr interessant, wie ich finde. Helga hatte, davon ist auszugehen, eine Liebesbeziehung zu Matthias. Was bedeutet dies für unseren Fall? Anna, die eifersüchtige Ehefrau, die zweifellos von deren Verhältnis wusste, könnte ihre Rivalin aus dem Weg geräumt haben wollen. Sie hätte den Tee vergiftet haben können. Dann, nach dem Tod der Rivalin, hätte sich Matthias, aus ihrer Sicht heraus, ihr vielleicht wieder angenähert. Lange habe ich darüber nachgedacht. Jedoch möchte ich zunächst nichts weiter dazu sagen. Lassen Sie uns später nochmals auf Anna und Helga zu sprechen kommen. Schauen wir zunächst weiter."

Kommissar Stürmer meinte abfällig: „Später ... Sie haben wohl keinerlei Beweise für Ihre Überlegungen?"

Hauptkommissar Frank blickte Kommissar Stürmer mitleidig an. Dann schrieb er den Namen Helga in sein Notizbuch. Dabei machte er einen Pfeil und schrieb anschließend Matthias und Anna dahinter. Den Namen Anna unterstrich er.

Martin sprach langsam weiter: „Nehmen wir nun als nächstes an, dass Jürgen das geplante Mordopfer war. Jürgen hatte, wie wir alle wissen, eine beschämende Straftat begangen. Er missbrauchte ein Kind so lange, bis es sich selbst das Leben nahm. Das ist unentschuldbar und in gewisser Weise wurde er Jahre später für diese Tat gerichtet. Sein Bruder Bernd wusste von seiner grausamen Tat, ebenso auch der Vater des Kindes, Heiko. Diesen möchte ich jedoch ausklammern, da dieser bis jetzt nie das Haus betreten und somit keine Möglichkeit dazu gehabt hatte. Bernd aber tat es. Er wurde am Samstagmorgen vor dem Erleuchtungsritual von Marlies gesehen. Er war da. Was tat er? Er suchte seinen Bruder auf. Ich gebe zu, dies sind reine Spekulationen", er schaute bewusst zu Kommissar Stürmer und sagte mit Nachdruck, „doch ich glaube fest daran, dass sie stimmen. Er sah seinen Bruder Jürgen. Vielleicht kam es zum Streit und sie gingen im Bösen auseinander? Er hätte daraufhin in den Meditationsraum gehen können, um den Tee zu vergiften." Martin brach ab. Erneut setzte er mit nachdenklicher Stimme an: „Tat er das wirklich? Er hatte ein Motiv und die Gelegenheit. Jedoch glaube ich nicht daran. Ich glaube, er ist unschuldig."

„Sie glauben!", stieß Kommissar Stürmer aus. „Es geht hier um Fakten, nicht um Glauben!"

„Die Fakten werde ich Ihnen noch liefern, seien Sie unbesorgt", erklärte Martin in ruhigem Ton. Dann wandte er sich wieder seinen Überlegungen zu: „Der Mord geschah nicht spontan im Affekt. Sondern er war sorgfältig geplant, denn der Mörder musste das Gift zuerst besorgen, um damit den Tee zu vergiften. Das ist eine Tatsache. Ich erkläre Ihnen nun, warum Bernd meiner Meinung nach nicht der Mörder sein konnte: Was mich von Anfang an stutzig werden ließ, war, dass er seinem Bruder Jürgen eine Message über WhatsApp geschrieben hatte, in der er ihn anklagte und beschimpfte. Wenn er der Mörder war und der Mord von ihm geplant war, wie ich es eben beschrieb, musste er davon ausgehen, dass das Handy von der Polizei gefunden und überprüft werden würde. Mit dieser eindeutigen Nachricht hätte er sich selbst mit dem Mord in Verbindung gebracht und als Hauptverdächtiger in den Vordergrund gespielt. Ich an seiner Stelle hätte, wenn ich meinen Bruder ermorden wollte, niemals eine derart belastende Nachricht geschrieben. Ich hätte ihm irgendwo aufgelauert, wo wir alleine wären und ihn dann im Schutz der Einsamkeit umgebracht. Ich glaube, Bernd wäre niemals dieses Risiko eingegangen. Noch ein weiterer Punkt machte mich stutzig. Ich fand, und das wusste Bernd nicht, Jürgens Handy, das er am Freitagabend verloren hatte. Er rief am Samstagnachmittag seinen Bruder Jürgen an, doch dieser konnte nicht abnehmen, denn er war ja tot. Wieso, frage ich Sie, wieso rief Bernd seinen Bruder an? Wenn er der Täter war, wusste er doch, dass dieser tot war? Der Anruf machte also keinen Sinn."

„Aber doch", wandte Kommissar Stürmer ein. „Nämlich wenn …"

„… der Anruf bewusst kam, richtig. Nämlich wenn", wiederholte er betont, „er Jürgen tatsächlich umgebracht hätte und nur so tat, als ob er unwissend wäre und auf dem Handy anrief, um von sich abzulenken."

Kommissar Stürmer nickte zufrieden. Hauptkommissar Frank überlegte und meinte schließlich: „Ich denke, es war anders."

Martin gab ihm Recht: „Das glaube ich auch. Der Anruf machte also meiner Meinung nach nur Sinn, wenn er nicht der Mörder war und er seinen Bruder deswegen anrufen wollte, um mit ihm nochmals über den Streit vom Vormittag zu sprechen."

Martin machte eine resolute Bewegung: „Somit, und das ist meine Schlussfolgerung, kann Jürgens Bruder Bernd nicht unser gesuchter Mörder sein."

Hauptkommissar Frank machte hinter den Namen Bernd Sutzler auf seiner Liste ein Fragezeichen. Er war noch etwas unschlüssig, was ihn betraf.

„Bleibt also nur noch Leonardo als Zielopfer des Mordes übrig. Und ich muss Ihnen sagen, dass es auch genauso geplant war."

Hauptkommissar Frank blickte auf. „Es war die Tochter, nehme ich an", sagte er. „Sie ist die Alleinerbin Leonardos und war am Freitagnachmittag im Haus. Sie ist nicht gut zu sprechen auf ihren Vater. Er hatte sie nie unterstützt, weder seelisch noch finanziell. Sie bat ihn um Geld, doch er schlug aus, ihr zu helfen. Sie hätte ihn vergiften können, um sein Vermögen zu erben."

Das, was Hauptkommissar Frank von Gabriele Reesiger berichtete, war Martin vollkommen neu. Der Hauptkommissar hatte ihm gegenüber nie Details von deren Vernehmung weitergegeben. Er überlegte lange, bevor er dazu Stellung nahm.

„Die Tochter war also am Freitagnachmittag im Haus?"

Hauptkommissar Frank nickte.

„Dann kann sie unmöglich die Mörderin sein. Sehen Sie, am Freitagabend vollführten alle im Haus, mich eingeschlossen, ein Meditationsritual. Danach tranken alle den Tee. Hätte Gabriele Reesiger den Tee am Nachmittag vergiftet, dann hätten wir alle sterben müssen. Aber der Tee war zu diesem Zeitpunkt noch nicht vergiftet. Gabriele Reesiger muss unschuldig sein."

Hauptkommissar Frank lachte leise. Martin hatte Recht. So gesehen konnte sie nicht die Mörderin sein.

„Doch Leonardo war tatsächlich das Opfer. Der Arme musste sterben. Seinen Mörder werde ich Ihnen gleich präsentieren. Dazu möchte ich Sie zu einer kleinen Fahrt einladen."

Martin reichte dem Hauptkommissar einen Zettel, auf dem eine Adresse stand. „Dorthin wollen wir gemeinsam fahren. Ich bitte Sie, nehmen Sie einen weiteren Kollegen mit. Wir werden seine Hilfe benötigen."

Die drei Männer standen auf und verließen das Büro. In einem Dienstwagen fuhren sie gemeinsam in die Nordweststadt. Sie hielten vor einem Hochhaus an. Martin ging allen voraus. Er klingelte. Kurz danach fuhren sie mit dem Fahrstuhl in den zwölften Stock. Ein fremder Mann stand in der Tür. Er war etwa 45 Jahre alt und trug ein kurzärmliches Baumwollhemd, sowie eine lange Leinenhose. Seine kurzen, blonden Haare waren zurückgekämmt.

Martin reichte ihm die Hand: „Guten Abend, Sie sind Herr Eduard Grilmer?"

Dieser nickte ungläubig.

„Wir kommen wegen des Mordes an Ihrem Stiefvater, Herrn Leonard Reesiger. Dies sind Hauptkommissar Frank, Kommissar Stürmer und ein Polizeibeamter. Dürfen wir eine Minute hereinkommen?"

Eduard stutzte. Dann führte er Martin und die beiden Kommissare ins Innere der Wohnung. Als sie im Wohnzimmer angekommen waren, bat dieser ihnen einen Platz auf der Couch an.

„Nein, danke, wir stehen lieber", lehnte Hauptkommissar Frank ab.

Unsicher blieb auch Eduard stehen.

„Herr Grilmer" begann Martin das Gespräch, „ich freue mich, Sie hier anzutreffen. Es ist ungemein wichtig, dass wir uns miteinander unterhalten."

Eduard verstand nicht, wer Martin war und was er von ihm wollte. Unsicher blickte er ihn an: „Was kann ich für Sie tun?"

„Bitte beschreiben Sie uns das Verhältnis, das Sie zu Ihrem Stiefvater Leonardo Reesiger hatten."

Eduard überlegte einen Moment. „Es war ein sehr gutes Verhältnis. Wir mochten uns. Ich fand, dass er meiner Mutter Rosa guttat. Sie blühte förmlich auf, nachdem er in ihr Leben getreten war. Doch, wir verstanden uns sehr gut, das muss ich sagen."

Martin stutzte etwas. „Sie hatten ein gutes Verhältnis zu ihm? Entspricht das tatsächlich der Wahrheit?"

„Ich weiß nicht, wovon Sie sprechen", entgegnete Eduard irritiert.

„Nun, ich habe mit Ihrer Haushälterin von damals ein sehr interessantes Gespräch geführt. Frau Sofia Brickell erzählte etwas ganz anderes, was Ihre Beziehung zu Leonardo Reesiger betraf. Und ich denke, ich möchte ihr mehr Glauben schenken, als Ihnen."

„Wieso sind Sie hier?", wollte Eduard wissen.

Unbeirrt sprach Martin weiter: „Sie beschrieb Ihre Beziehung nämlich als, wie soll ich es sagen … als gestört. Ich kann es Ihnen nicht verdenken. Leonardo war im gleichen Alter wie Sie. Sie konnten es nicht

171

akzeptieren, dass Ihre Mutter einen 30 Jahre jüngeren Mann liebte. Sie waren vielleicht auch eifersüchtig auf ihn, denn durch Leonardo änderte sich alles. Er nahm Ihnen Ihre geliebte Mutter weg."

Eduard unterbrach Martin forsch: „Was wissen Sie schon von mir und meiner Mutter."

„Sie wurden zurückgesetzt. Sie verloren Ihren Stand als wichtigste Bezugsperson. Ihre Mutter Rosa entglitt Ihnen. Doch dann kam es noch schlimmer. Schlimmer, als Sie es je geahnt hatten. Es setzte allem die Krone auf. Ich kann Sie sogar ein Stück weit verstehen, kann es sogar sehr gut nachfühlen, das muss ich zugeben. Ihre Mutter Rosa, voller Glück und Liebe, setzte Leonardo als Alleinerben ein und enterbte Sie. All Ihr Vermögen, das ganze Geld und das Haus, ging nach ihrem Tod an Leonardo über. Sie bekamen nur Ihren Pflichtanteil bar ausbezahlt. Sogar ein Erbstück der Familie, eine mit Brillanten besetzte Kette, wurde an ihn vermacht. Das konnten und wollten Sie nicht ertragen. Doch was sollten Sie tun? Das Testament war rechtskräftig. Es blieb Ihnen nichts anderes übrig, als dies zu akzeptieren. Jahrelang schlummerte in Ihnen ein Gedanke. Sie wollten einen Ausgleich haben, eine Genugtuung. Leonardo sollte dafür bezahlen. Leonardo sollte am liebsten tot sein, das wünschten Sie sich. Sie hassten ihn so sehr. Ebenso sollte die Kette wieder in den

Familienbesitz zurückkehren. Sie gehörte Ihnen! Niemand anderes sollte sie besitzen!" Martin machte eine bedeutungsvolle Pause. „Doch wie sollten Sie das bewerkstelligen? Sie alleine konnten ihm nichts anhaben, ohne sich selbst sofort verdächtig zu machen. Sie durften mit der ganzen Sache nichts zu tun haben. Keine Verbindung zu Leonardo sollte man Ihnen nachweisen können. Sie benötigten einen Komplizen. Nur so war Ihr Ziel zu erreichen." Mit blitzenden Augen sah Martin Eduard an, der den Kopf hob, als nehme er Martins Herausforderung an.

„Sie machten einen sorgfältigen Plan. Sie versuchten, so viel wie möglich über Leonardos Leben herauszufinden. Dann erfuhren Sie, dass Leonardo eine Glaubensgemeinschaft gegründet hatte. Der Mord sollte dort, getarnt als Ritualselbstmord, stattfinden. Wie niederträchtig und skrupellos war es von Ihnen, den Tod anderer unschuldiger Menschen in Kauf zu nehmen! Doch niemand konnte Sie von Ihrem Plan abhalten."

„Doch wer ist sein Komplize? Wer hat ihm dabei geholfen?", wollte Hauptkommissar Frank wissen.

„Wer? Es liegt auf der Hand. Es ist Eduards langjährige Partnerin, Jasmine. Er hatte die Morde geplant und sie sollte diese in die Tat umsetzen."

Ungläubig wiederholte Kommissar Stürmer: „Jasmine, die Partnerin von Leonardo?"

„Richtig. Es musste Jasmine sein. Schauen Sie. Frau Sofia Brickell erzählte mir von den vergangenen Freundinnen Eduards. Sie nannte drei Namen, an die sie sich noch erinnern konnte: `Melanie´, `Jessy´ und `Vicky´. Sofort fiel es mir auf. Was wäre, wenn der Name `Jessy´ nur ein Kosename war? Zumindest klang er für mich so. Als ich dann die weiblichen Bewohner des Hauses in Daxlanden in Gedanken durchging, erkannte ich, dass eventuell Jasmine und diese `Jessy´ ein und dieselbe Person sein könnten. So etwas Ähnliches, wie `Jesse´, `Jasse´ oder eben `Jessy´ hatte ich im Zusammenhang mit dem Namen Jasmine schon einmal gehört. Das wäre eine Verbindung, die ich gesucht hatte. Nehmen wir also an, dass Jasmine, liebevoll `Jessy´ genannt, in Wahrheit Eduards Partnerin war. Wie perfide war es von ihr, sich bei Leonardo einzuschmeicheln, ihm Liebe vorzugaukeln, mit ihm zu schlafen. Sie erschlich sich sein Vertrauen. Er liebte sie so sehr, dass er sie heiraten wollte. Armer Leonardo. Schließlich verriet er ihr von der Kette, die sie tragen sollte und dem Geld, das er über Jahre hinweg angespart hatte. Das war sein Todesurteil. Es war soweit. Leonardo plante das Erleuchtungsritual und Jasmine sollte zeitgleich nach Paris fahren. Dies war der ideale Moment, zuzuschlagen. Schauen wir uns an, wie alles geschah: Alle Mitglieder der Gemeinschaft, einschließlich mir, hielten am Freitagabend ein gemeinsames Ritual ab. Anschließend wurde Tee getrunken. Nach dem Ritual verließen alle, bis auf Elsa und Jasmine den Meditationsraum. Diese sollten aufräumen. Während nun Elsa in Vorbereitung auf das Erleuchtungsritual die Toilette putzte, vergiftete Jasmine ungesehen den Tee mit kleingeraspelten Teilen des `Gefleckten Schierlings´. Anschließend ging sie in ihre und Leonardos Wohnung und holte sich das Geld und die Kette. Leonardo war unterdessen mit uns anderen zusammen. Danach brachte er sie zum Bahnhof, von wo aus sie nach Paris fahren sollte, um die Hochzeitsringe abzuholen. Jasmine war von der Bildfläche verschwunden und Leonardo starb. Da nicht sie, sondern die Tochter Leonardos erben würde, würde sie nicht verdächtig erscheinen. Sie hatte keinen Nutzen von Leonardos Tod. Kein sichtbares Motiv. Das Geld und die Kette hätte jeder stehlen können. Sie blieb zurück, als trauernde Freundin."

Martin machte eine Pause, atmete tief durch und begann von Neuem: „Als die arme Elsa einige Tage später selbst realisierte, dass Jasmine die Mörderin sein musste, sprach sie Jasmine an. Vielleicht hatte Elsa etwas im Meditationsraum gesehen und konnte es zunächst nicht richtig einordnen. Und nun wollte sie die Gewissheit haben, dass sie sich nur vertan und Unrecht hatte.

Jasmine wollte ihr in einem vertraulichen Gespräch alles erklären und sie beruhigen. Dazu lud Jasmine Elsa zu einem Spaziergang ein. Auf einer Fußgängerbrücke stieß Jasmine Elsa über die Brüstung. Da es bereits Abend und dunkel war, fand dieser Mord ungesehen statt und die Leiche wurde erst am darauffolgenden Tag gefunden. "

Eduard, der sich alles ruhig angehört hatte stand auf. „Ich finde, Sie haben eine prächtige Fantasie. Es hört sich unglaublich an. Doch es sind nur Lügengeschichten! Nichts davon ist wahr! Ich kenne diese Jasmine nicht. Und ich habe mit den Morden, die Sie beschreiben, nichts zu tun!"

„Das sehe ich anders."

„Sie können kein Wort von dem, was Sie gesagt haben, beweisen."

„Auch das sehe ich anders. Sie haben nämlich einen Fehler gemacht: Leonardo und Jasmine hatten in Paris ein Lieblingsrestaurant. Es heißt: `Le Feu´ und liegt in der Avenue de Giaume. Leonardo gab Jasmine den Auftrag, dort auf sie beide anzustoßen. Sie solle auch den Kellner Robért grüßen. Aus psychologischer Sicht ist es sehr interessant, wie ich finde. Denn ich hatte die Vermutung, dass sich Jasmine dort mit Ihnen treffen und mit Ihnen auf den Tod Leonardos anstoßen würde. Darin gipfelte Ihre Geschmacklosigkeit. Glücklicherweise habe ich eine Fotografie von Ihrer früheren Haushälterin Frau Brickell mitgenommen. Eine Fotografie, auf der Sie zu sehen sind. Und ich hatte auf meinem Handy ein Bild, auf dem Jasmine zu sehen war. Ich fotografierte sie zusammen mit der Gruppe. Kurzerhand fuhr ich mit dem TGV nach Paris und suchte das Restaurant auf. Der Garcon Robért konnte sich gut an Jasmine erinnern. Das Trinkgeld war sehr hoch. Er sagte, dass Jasmine nicht alleine war. Sie war mit Ihnen gemeinsam dort. Robért ist bereit, seine Aussage auch noch einmal für die deutsche Polizei zu wiederholen. Das Geld und die Kette übrigens, wechselten dort in dem Restaurant in Ihren Besitz. Die Polizei wird die Beute sicherlich irgendwo hier in Ihrer Wohnung finden."

Martin verstummte. Es wurde still. Er wandte sich an Kommissar Stürmer: „Dies sind meine bescheidenen Rückschlüsse. Ich hoffe, dass Ihnen meine Ausführungen und die Beweise genügen."

Kommissar Stürmer grunzte.

„Und somit komme ich auf Matthias und Anna zurück, wie eingangs versprochen! Anna hätte die Mörderin sein können. Sie hatte ein Motiv und ebenso die Gelegenheit. Doch die Beweise sprechen gegen sie. Sie ist unschuldig."

Langsam öffnete sich eine Tür. Martin erschrak. Aus dem dunklen Zimmer trat eine Gestalt hervor. Es war Jasmine. Sie hatte hinter der Tür gestanden und alles mit angehört. Eduard sah sie an und sagte trocken und gefühllos: „Es ist aus. Mein Engel, es ist aus."

Hasserfüllt schaute Jasmine auf Martin: „Du mieses Schwein! Ich hätte auch dich umbringen sollen, so wie die dumme Elsa. Neugierig mischte sie sich ein. Ihr Pech war das!" Der Polizeibeamte trat zwischen Martin und Jasmine. Diese ging langsam zu Eduard und fasste seine Hand. Sie küsste ihn. Mit einem irren Blick wandte sie sich dann wieder an Martin: „Was weißt du schon von Hingabe und Liebe? Nichts! Ich habe für Eduard alles getan! Alles, was man tun kann! Ich habe mein Leben in seinen Dienst gestellt! Und ich würde es jederzeit wieder tun! Macht doch mit mir, was ihr wollt! Eduard und ich werden auf ewig vereint sein!"

Martin senkte den Blick. Jasmine war nicht wiederzuerkennen. Sie schien besessen zu sein. Dann gab Hauptkommissar Frank ein Zeichen. Der Polizeibeamte legte beiden Handschellen an. Ohne Widerstand ließen sie sich abführen.

Während sie im Treppenhaus auf den Fahrstuhl warteten, klopfte Hauptkommissar Frank Martin auf die Schulter. Er war sehr stolz auf ihn. Ohne ihn hätte er den Fall nicht oder besser gesagt nicht so schnell lösen können. Kommissar Stürmer ging wortlos nebenher. Er konnte Martin keine Anerkennung aussprechen. Hauptkommissar Frank sagte väterlich zu seinem Kollegen: „Das Ziel ist am wichtigsten. Man darf es nie aus den Augen verlieren. Und welchen Weg man geht, ist im Grunde nicht ausschlaggebend. Es gibt viele Wege. Hauptsache man kommt an. Lassen Sie sich nicht entmutigen. Sie werden eines Tages Ihren Weg finden und verstehen!"

12

Martin saß alleine in seinem Wohnzimmer und goss sich ein Glas trockenen Rotwein ein. Er wollte den geglückten Abschluss gebührend feiern. In allen Details ließ er sich seine Worte noch einmal durch den Kopf gehen. Schockierend war das Eingeständnis von Jasmine. Wie stark die Liebe einen verändern kann. Er hätte gerne gewusst, wie Jasmine war, bevor sie Eduard kennengelernt hatte. Waren dieser Wahnsinn und die Skrupellosigkeit immer schon in ihr angelegt? Oder war die kriminelle Triebfeder die bedingungslose und aufopferungsvolle Liebe zu Eduard? Martin spürte in sich hinein. Er wäre nie zu so einer Grausamkeit fähig, egal wie sehr er Veronika auch liebte. Er kam zu dem

Schluss, dass man nicht so stark beeinflusst werden kann, wenn diese Neigung nicht schon vorher da gewesen war. Diese Einsicht beruhigte ihn.

Dann dachte er an Marlies und die anderen, die er in den letzten Wochen kennen gelernt hatte. Er hoffte sehr, dass sie wieder neuen Mut fänden und ihr Leben alleine meistern würden. Vielleicht würde er nochmals nach Daxlanden fahren und den anderen von Jasmine berichten.

Martin nahm sich vor, sich nun ganz seinem Leben zu widmen und seine eigenen Probleme aufzuarbeiten. Zu allererst wollte er morgen damit anfangen, eine neue Arbeitsstelle zu suchen.

Dann wollte er mit Veronika sprechen. Er liebte sie immer noch so sehr. Doch dieser Schwebezustand war für ihn nicht auszuhalten. Er litt darunter, dass er jeden Tag ihre Sachen in der Wohnung sah, sie jedoch bei Olaf war. Es wäre hilfreich für ihn, wenn sie eine endgültige Entscheidung treffen würde. Er nahm einen Schluck und starrte gedankenversunken in die Luft.

Plötzlich öffnete sich die Wohnungstür. Martin wurde aus seinen Gedanken gerissen. Sie war da! Sein Herz klopfte schneller. Veronika blieb auf der Türschwelle stehen und blickte Martin traurig an. Dann fragte sie, ob

sie sich ein Glas holen dürfe. „Selbstverständlich",
flüsterte Martin. „Setz dich bitte zu mir."

Sie holte ein Glas und setzte sich auf die Couch. Lange
schauten sie sich an. Ihr Blick war seltsam, befand
Martin. Er war weder weich und liebevoll, noch kühl
und distanziert. „Wie geht es dir?", fragte Veronika.

„Nicht gut. Ich vermisse dich!"

Veronika nickte. Sagte aber nichts darauf.

„Es vergeht keine Minute, in der ich nicht an dich denke.
Du fehlst mir. Sehr. Veronika, ich bitte dich ...", doch er
konnte nicht weitersprechen.

Veronika schaute sich im Zimmer um. Es schien so, als
ob sie sich noch einmal zum letzten Mal alles einprägen
wollte, bevor sie für immer ging.

„Martin, ich werde ausziehen."

Martin schluckte. „Ziehst du zu Olaf?"

Sie schaute ihn lange an, bevor sie antwortete: „Nein.
Ich habe eine kleine Wohnung gefunden. Ich ... ich
muss mir über einiges Gedanken machen. Ich liebe Olaf
..." Dann brach sie ab.

Martin wurde sehr traurig. Jetzt war der Moment
gekommen. Er musste sie gehen lassen, aber es tat so
weh.

„… aber ich liebe auch dich. Immer noch", beendete Veronika den Satz. „Ich dachte, ich hätte keine Gefühle mehr für dich, aber es stimmt nicht. Wenn ich bei Olaf bin, bist du in Gedanken immer bei mir."

Martin wagte nichts zu sagen. Er wagte auch nicht zu hoffen.

„Ich muss mir erst einmal selbst klar werden, was ich eigentlich will. Deswegen muss ich ausziehen. So viele gemeinsame Jahre, so viele Erlebnisse, kann man nicht einfach auslöschen."

„Ich verstehe dich, Veronika." Zärtlich sagte er: „Ich liebe dich. Aber ich möchte und kann nicht mit Olaf konkurrieren. Wenn du mich wirklich noch liebst, wirst du einen Weg zu mir zurückfinden."

Er sah, wie Veronika eine kleine Träne die Wange hinunterlief. Dann stand sie auf und bedankte sich bei ihm. Sie schaute ihn lange liebevoll an. Dann drehte sie sich um und ging.

Martin blieb alleine zurück. Er spürte ein Wechselbad der Gefühle. Doch er war sich sicher: er liebte sie und wollte auf sie warten.

Ave Maria für eine Leiche

Der Fotograf Martin Fennberg möchte nach einer anstrengenden
Hochzeit-Saison eine Woche Ruhe und Entspannung genießen und
mietet sich in einem Retreat-Center in Dobel ein. Dort lernt er eine
Gruppe interessanter Menschen kennen, die auf den ersten Blick
gut zusammenpassen könnten. Doch dann, am zweiten Tag,
geschieht ein Mord. Plötzlich werden alle der vermeintlich
friedlichen Gruppe zu Verdächtigten. Niemand weiß nun mehr,
wem er Glauben schenken und wem er vertrauen kann.

Stumme Gier

Der Fotograf Martin Fennberg kann es kaum glauben. Am Nachmittag betritt ein blasser, vor Schmerzen gebeugter Mann das Studio, in dem er arbeitet. Innerhalb weniger Momente stirbt der Unbekannte vor seinen Augen. Martin ist zunächst geschockt. Nachdem er sich wieder gefasst hat, untersucht er den Fremden und findet einen vielsagenden Zeitungsausschnitt in dessen Hosentasche. Er entschließt sich, auf eigene Faust etwas über diesen Fremden und dessen Schicksal heraus zu bekommen.

Doppelte Fährte

Martin wollte in Heidelberg eigentlich nur seine Weihnachtseinkäufe tätigen, als er von einem jungen Paar angesprochen wird, das ihn zu einem Preisausschreiben überredet. Überrumpelt nimmt er teil und hat Glück: 350 Euro würde er ausgezahlt bekommen! Voraussetzung wäre allerdings, ein nahegelegenes Hotel zu besichtigen. Dort würde er den Preis erhalten. Ehe er es sich versieht, sitzt er in dem Taxi. Ihm wird angst und bange. Sein ungutes Gefühl trügt ihn nicht. Es geschieht dort ein mysteriöser Unfall.

Dramatischer Tod

Martin und Veronika genießen einen anspruchsvollen und unterhaltsamen Premierenabend im Bruchsaler Amateurtheater *Die Muschel*. Anschließend werden beide von einem befreundeten Schauspieler zur Premierenfeier eingeladen. Ausgelassen wird die erfolgreiche Aufführung gefeiert. Doch dann, spät am Abend, wird der Hauptdarsteller erstochen aufgefunden.

Faules Ei

Martin und Veronika sind bei Pfarrer Rebler, um die letzten Einzelheiten ihrer Hochzeit zu besprechen, als sie vom Tod eines Mannes erfahren, der unter mysteriösen Umständen aus dem Fenster seiner Wohnung gefallen war. Bei dessen Beerdigung am Morgen war laut Pfarrer Reblers Schilderung nur eine Person anwesend, die um ihn trauerte, was Martin sehr ungewöhnlich und erschreckend findet. Seine Neugier ist geweckt. Er möchte mehr über diesen Menschen und dessen einsames Schicksal erfahren. Nachdem Martin eine rätselhafte Entdeckung macht, ist er sich sicher: Es muss Mord gewesen sein!